斯蒂芬·格林布拉特

STEPHEN GREENBLATT

［英］马克·罗伯逊（Mark Robson）著

生安锋 等 译

天津出版传媒集团

天津人民出版社

图书在版编目(CIP)数据

斯蒂芬·格林布拉特 / (英) 马克·罗伯逊著；生安锋等译. -- 天津：天津人民出版社，2018.1
书名原文：Stephen Greenblatt
ISBN 978-7-201-12260-1

Ⅰ.①斯… Ⅱ.①马… ②生… Ⅲ.①现代文学–历史主义–文学理论–文学研究–美国 Ⅳ.①I712.65

中国版本图书馆 CIP 数据核字(2017)第 310124 号

斯蒂芬·格林布拉特
SIDIFEN GELINBULATE

出　　版	天津人民出版社
出版人	黄　沛
地　　址	天津市和平区西康路 35 号康岳大厦
邮政编码	300051
邮购电话	(022)23332469
网　　址	http://www.tjrmcbs.com
电子信箱	tjrmcbs@126.com

责任编辑	岳　勇
封面设计	明轩文化 TEL:23674746 · 王　烨

印　　刷	高教社(天津)印务有限公司
经　　销	新华书店
开　　本	880 毫米×1230 毫米　1/32
印　　张	6.375
插　　页	2
字　　数	150 千字
版次印次	2018 年 1 月第 1 版　2018 年 1 月第 1 次印刷
定　　价	48.00 元

目录
CONTERS

编辑前言

　　本系列丛书所介绍的都是对文学研究和人文学科产生重大影响的重要的批判性思想家。当一个新名字或者新概念出现在你的研究领域时，鲁特里治批判性思想家系列丛书将为你提供你可以参阅的书籍。

　　丛书中的每一册都会阐释这些思想家的关键性思想，并将其置放于语境之中，或许最重要的是告诉你为什么他们具有如此的重要性，从而为你提供装备，去探索这些思想家的原初文本。我们的重点在于简要、清晰地提供引导，而不是预先假定一种专家式的知识。尽管我们的焦点是针对一些特定的人物，但是本系列丛书强调的是：没有哪位思想家可以存在于真空之中，相反，他们都出现于范围更广的智性的、文化的和社会的历史之中。最后，这套丛书将为你和这些思想家的原著之间搭起一座桥梁，不是要取代原著，而是对他们的著述做出有益的补充，在有些情况下，丛书会倾向于考虑在同一领域进行研究，发展出类似的思想或者相互产生影响的一小群思想家。

　　本丛书的必要性主要体现在以下方面。文学批评家弗兰克·柯默德(Frank Kermode)在他 1997 年出版的自传《没有题目》(*Not Entitled*)中,曾经这样描述 20 世纪 60 年代:

> 在美丽的夏日草坪上,劳累了一天的年轻人整夜都躺在这里,恢复精神,聆听来自巴厘的音乐。他们身盖毛毯或者是懒洋洋地躺在睡袋里,漫不经心地谈论着那个时代的领袖权威……他们所重复叙说的不过都是些道听途说的小道消息;因此我在午餐时间给各位的建议,这也是一个即兴想起的建议,就是为他们提供一系列短小精悍而又十分便宜的书籍,向他们提供关于这些领袖的具有权威性但又明白易懂的介绍。

在当前,我们仍然需要这种"具有权威性担忧明白易懂的介绍",但我们的系列丛书所反映的世界与 20 世纪 60 年代显然十分不同了。新兴的思想家不断涌现,有些权威人士的名声也随着研究的更新发展而几经沉浮。新的方法论和富有挑战性的思想在艺术与人文领域中也广为传播。文学研究已经不再——如果曾经是这样的话——仅仅是对诗歌、小说和戏剧的研究和评价。文学研究也是对源于任何文学文本及其阐释的思想、问题和困难的研究。其他的艺术与人文学科也经历了与此相似的发展变化。

随着这些变化的出现,新的问题也出现了。人文学科中这些激进变化背后的思想和问题,经常被在不参照更广泛的语境的情况下被呈现出来,或者只是作为某种理论,被直接"强加"到你所阅读的文本上去。无疑,挑出某种思想或者就近随手使用某种思想也没什么不对的，实际上有些思想家就曾经指出，其实每个人都在这么做。然而每一种新思想都来自于某些人的思想模式和发展，因而去研究他们这些人的思想范围和语境是十分重要的，这一点有时候却被人遗忘了。本辑鲁特里治批判性思想家丛书反对那些"漂浮在太空"的理论，而是将这些主要思想家及其思想坚实地根植于他们的语境之中。

不仅如此，本丛书也反映了返回到思想家自己的文本和思想中去的必要性。对某种思想的任何阐释，即便是看上去最无辜的那种阐释，也都或隐或显地透露着阐释者自己的理解方式。如果只是阅读关于某个思想家的书籍而不去直接阅读其原著，就等于拒绝了自己去拿主意作决定的机会。有时候我们面对一个重要思想家的作品感到难以接近，这并非是因为其风格晦涩或者内容艰深，更多的是由于我们不知道从哪里开始下手。本系列丛书的目的，就是通过对这些思想家的思想和著作进行总体上的概述，通过指导你进一步阅读每一位作者自己的文本，从而给你提供一个"下手"的方法。借用哲学家路德维希·维特根斯坦（1889—1951）的说法，这些书就是一架架梯子，当你借助它们爬上更高的层次的时候，就要把它们扔掉。这样看来，它们不仅能够装备你，使你能够接触新思想，而且它们也能通过将你领回到理论家自己的文本并鼓励你在有所了解之后发展出自己的意见，从而赋予你更大的能力。

最后一点，正如智性的需要业已改变一样，世界各地的教育系统——也就是介绍性书籍通常被阅读的语境——也发生了根本性变化，因此这些书是十分必要的。在 20 世纪 60 年代适合于少数人的高等教育体系的东西，已经不再适合于21世纪这种更大、更广、更多元化的高科技教育体系了。这些变化不仅呼吁一种新颖而与时俱进的介绍，而且也要新的呈现（展现）方式。鲁特里治批判性思想家系列丛书的呈现方式和特点就是根据当今学生的变化与需求而发展出来的。

本系列丛书中的每本书都有着相似的结构。开始部分对某位思想家的生平和主要思想作一个概览，解释他们之所以如此重要的原因。中间部分讨论该思想家的关键思想、相关语境、理论发展和接受情况。如果同一本书中介绍了不止一位思想家，那么该书也会介绍并探讨这些思想家之间的相互影响。结尾部分对这些思想家的影响力作一概述，简要指明他们的思想是如何被其他研究者所继承和发展的。除此之外，每本书的最后还有详细的延伸阅读建议，提供需要进一步阅读的书目并加以描述。延伸阅读并非可有可无的添加部分，而是每本书不可或缺的一部分。本部分先是对所论思想家的主要著作进行简要描述，接着是一些最有用的批判性作品，有时候还有相关网站。该部分将会对你的阅读进行指导，使你根据自己的兴趣而发展出自己的研究计划。在书中，我们所用的文献参考系统是哈佛系统（文本中提供作者、作品发表日期与页码，其他细节可以在后面的参考书目中找到）。这样就可以在有限的空间内提供大量的信息。除了在一般讨论中进行强调之外，本丛书也对一些技术术语做出解释，使用黑框来详细解释一些重要事件或者思想。有时候黑框也被用来突出一些经常使用或者某位思想家自创的定义。这样，这些黑框就起到某种关键性的词汇表的作用，当读者翻阅本书的时候很容易识别。

　　本系列丛书所讨论的思想家都是"批判性"的，这有三个原因。首先，对他们的讨论都是按照与批评相关的主题而展开的：主要是文学研究或者英文和文化研究，但也包括其他学科，这些学科依赖于对书籍、思想、理论和未受质疑的假设进行批评。其次，他们是批判性思想家。这是因为研究他们的著作将为你自己的批判性阅读和思考提供一个很有用的"工具箱"，从而使得你也变得富有批判性。最后，这些思想家是批判性的，因为他们都是至关重要的学者。他们所探讨的思想和问题都能够推翻传统上我们对世界、文本的理解，以及对我们认为理所当然的一切事物的理解，使我们能够带着新的思想去更加深刻地理解我们已经知道的事物。

　　本前言无法尽述书中的一切内容。然而我们可以指出，通过为读者提供一种批判性思考的方法，本系列丛书希望使你投身到一场富有产出性的、建设性的、也有可能改变你生命的活动中来。

为何是格林布拉特[1]

斯蒂芬·格林布拉特(Stephen J. Greenblatt, 1943—　)是现今依旧笔耕不辍的最重要的文学理论家和文化批评家之一。他因为在莎士比亚研究和英国文艺复兴时期文学研究上卓有建树而产生了巨大的影响力，并成为闻名遐迩的学者。但实际上他的作品也包括了对广泛意义上的艺术、建筑、风俗、宗教和文化的兴趣。在一系列富有开创性的作品中，他阐释了什么是他所谓的"文化诗学"，即近三十年来更常被称为新历史主义的一种实践。

就像标题新历史主义所表明的一样，格林布拉特作品的核心问题一直都是艺术及文学作品和它们纷繁复杂的历史和背景之间的关系。他最初关注的是早期现代文化和像克里斯托弗·马洛 （Christopher Marlowe, 1564—1593）、沃尔特·罗利（Walter Raleigh, 1554—1681）、菲利普·悉尼 （Philip Sidney, 1554—1586）、托马斯·怀特(Thomas Wyatt, 1503—1542)、爱德蒙·斯宾塞（Edmund Spencer, 1552—1599)这样的经典作家，尤其是威廉·莎士比亚(1564—1616)。有关格林布拉特的著作最有意思的事情之一就是：他总能把这些显然已被人"熟知"的作家和他们生活和写作的时代中那些离奇古怪的、非经典的，而且通常是非文学类的资料联系起来。格林布拉特对广泛意义上的文化感兴趣，从而使他介入不仅是现代早期而且是我们当代世界的一些紧迫问题。生活和艺术的关系是什么？信仰如何与想象相联系？ 主流文化如何应付各种类型的"他者"[2]（包括其他种族、"非标准"的性取向、非正统的宗教观念、政治反抗、非理性和不可思议)？格林布拉特的作品中充满了鬼魂、巫术、奇迹和诡异以及历史上的殖民遭遇和创伤时刻。就像接下来几章中将要展示的那样，新历史主义之新，部分是由于它对拒绝归入确定历史的那些历史方面的关注。它对这样一种观点提出了挑战，即历史是有关那些已经结束了的、已完成的、距我们当下所关心的事已非常遥远的事件和情形。

文艺复兴/早期现代

在本书中我将互换使用文艺复兴和早期现代的概念。两者都被用来指大约从 1500 年到 1700 年的这一段英国文学和历史时期，尽管评论家对这段时期确切的开始和结束时间仍存有争议。然而这些概念是值得我们进一步思考的，因为他们有不同的含义。文艺复兴的本意是"重生"，它强调的是所谓古希腊古罗马文化的"黄金时期"和英国十六、十七世纪文化的一种延续性。从这个意义上讲，"文艺复兴"是一个向后看的概念。其结果之一就是将中间的中世纪时期变成"黑暗"时期，暗示着文化的最高形式只存在于其两边中的任意一边。另一方面，谈论任何早期现代时期都表明了它与文艺复兴之后时期的一种延续性，即现代性。在此意义上，它又是具有前瞻性的。很多评论家更倾向于使用早期现代这个概念，部分是由于这能让他们找寻其中被描述成早期现代的现代文化的形成。格林布拉特这两个概念都使用，这一点我们可以从其作品的题目"文艺复兴自我塑造"和"学着诅咒：论早期现代文化"中看出来。

使新历史主义作品成为可能的，是格林布拉特对文本中界线孜孜不倦的探究，而这也包括了文学批评自身的界线。格林布拉特的著作采用传统的研究文学和历史的方法，但其也融入了人类学、心理学、后殖民理论、性别理论、哲学、政治思想、艺术历史和神学的元素。而将这些散落的材料联结起来的正是格林布拉特的风格。他的文本引人入胜，融合了对宏大概念的思索和对细节的详细关注。他的作品中不乏幽默，但与此并存的是对其所讨论的文学和艺术作品重要性的一种高度严肃性。在其散文"文化"中，格林布拉特对语言的力量和语言使用者进行了描述，借以激发起读者最根本的感情：

> 任何一种文化都有一个由能激起人的欲望、恐惧和侵略性的各种符号组成的普遍体系（economy）。通过他们建构引起共鸣故事的能力、对有效意象的掌握，尤其是对任何文化中最伟大的集体创造——语言——的敏感度，文学艺术家精于操纵这个符号体系。

（2005：15）

像文学这样的文化作品之所以能对读者产生影响，部分是语言的强大影响力的结果。如果我们重写上面这段话，仅改动一个词，将"文学艺术家"改为"文学评论家"，我们也许就能很好地理解格林布拉特在其著作中所要实现的是什么。文学和批评的目标都是要展示对语言的敏感度，讲述一个引人入胜的故事，创造一些在人脑海中徘徊的意象，这一目标将这些与格林布拉特所指的"符号体系"相联系。用体系（economy 经济）这一概念思考符号能让我们看到意象、物体、叙述和表述是如何被生产、再生产、消费、交易和流通的，以及当他们从文化的一个区域移动到另一个区域时价值是如何发生变化的。对此很好的一个例子就是目前的英国君主——伊丽莎白二世女王的形象在现代英国文化中是如何被运用的。女王的形象被用于正式的肖像、纸币、硬币、邮票、明信片、纪念杯和大量的正式出版物和纪念品上。然而女王同时还成为戏剧、电视和电影中一个半虚构的人物,她被喜剧演员们模仿,她的形象被朋克乐队和其他人的宣传中所利用。在每种情形下,她的形象是"一样"的(总是一个具体人的描绘),但是这一形象根据其使用却有着不同的地位和价值,并且即便是在单一使用的情况下对不同的人也意味着不同的事情。我将在第一章和第二章中进一步讨论这些文化和经济的观点。

4　　文学是文化体系(经济)的一部分。既然我们从未看到文学作品与产生、接受它们的生活和历史分开或者可以分得开,格林布拉特对文学的明显热爱不会使他无视与文本密切相关的社会条件。他同样也意识到他自己在这些历史中有可能产生的影响和他作为历史的见证者在生活中的位置。他的《绝妙的占有》(*Marvelous Possessions*)讲述了欧洲旅人与"新世界"中的居民和文化的相遇情形,在书中,他讲述了下面的一件趣事:

　　　　在我芝加哥的一个讲座结尾时,一个学生挑战我,让我解释一下我自己的位置。她问我如何避免这样一种隐含的暗示:即我使自己与我所描写的欧洲人保持一种非常安全的距离,并通过一种嘲弄的微笑的方式来保证这样的距离,以保护我远离我所描写的那些话语实践。我的回答是，我既不承认我对自己采取了这样的保护，我也不想象自己处于安全距离之外。

（1991：viii-ix）

格林布拉特接着指出，事实上，《绝妙的占有》部分上旨在对源自他所受到的犹太复国主义教育中的某些价值观提出批评，而对这些价值观他依旧感觉有一种令人不安的认同。因此，他在早期现代时期及其殖民活动方面的著作既是一种历史性的学术研究，又是一种为自我经历所驱动的尝试，他试图接受自己当下的位置。尽管时间跨度有 400 年之久，但在他所阅读的材料和他所生活的世界之间存在某种联系。思想，就如同旧时的殖民者一般，会四处旅行。过去并没有结束或被完成。

无疑，对有些人来说，在鲁特里治批判性思想家系列中列入一本讨论斯蒂芬·格林布拉特的书似乎有点奇怪。几乎没有人会质疑格林布拉特的著作在很多领域的影响，过去的 20 年间，没有哪个从事文学研究的人不知道新历史主义的；他和这一批评运动已经变得密切相关，而且通常被认为是缔造者（至少也是命名者）。然而，仅凭借这样的地位就能让格林布拉特位列"批判性思想家"之列吗？随着本书的进展你将会进一步看到，回答这个问题的困难之处部分在于新历史主义写作本身的特性。新历史主义往往被看成一种实践，而不是一种理论 5（如马克思主义、精神分析、读者反应理论、认知诗学等）。从某种程度上说，新历史主义恢复了"理论"和"实践"之间的传统分离。因此，和本系列中很多卷的主题有所不同的是，像格林布拉特这样的新历史主义实践者几乎不被看成是"理论家"。其他的诸如德里达、巴特、福柯、克里斯蒂娃或者巴特勒等人广为人知，他们的作品也频繁地成为多个学术领域或者偶尔也是非学术领域讨论的主题，新历史主义虽然在文学研究领域内外也都产生了巨大的影响力，但是其主要倡导者并没有提升到同样的"明星"地位。

无论如何，斯蒂芬·格林布拉特已成为这场影响深远的运动中最为显著的人物。他的著作至关重要，正如罗伯特·伊戈斯通（Robert Eaglestone）在本系列丛书的前言中所描述的一样。从根本上说，格林布拉特的著作就是一种批评或者批判。他首先关注的是提供对文本、有时候是视觉材料的阅读。其次，虽然在从他的作品中提取宏大的理论视角时确有点儿困难，但可以确定的是，格林布拉特文本中那些原创性的术语和思想已被很多其他批评家所采纳，而且你我或许都会用到它们。譬如"自我形塑"一词，作为他第一部主要著作（该书第三章的主题）中的核心术语，该词已被很多批评家广为使用。最后，格林布拉特总是致力于探讨多个学科中文化批评所面临的那些最为关键和影响深远的问题。他的著作对这些问题给出的答案对形形色色的文学和文化批评都产生了不可估量的影响，包括那些并不认为自己是历史主义者的人。

格林布拉特的事业

斯蒂芬·格林布拉特 1943 年 11 月 7 日出生于美国马萨诸塞州的坎布里奇。他在耶鲁大学读了本科和研究生，于 1964 年获得文学学士学位，1968 年获得哲学硕士学位并在 1969 年获得博士学位。作为他研究生学习的一部分,格林布拉特曾在英国的剑桥大学学习,并在 1966 年获得了哲学硕士学位。他在加州大学伯克利分校从教 28 年。在那里,他成为创办于 1983 年、至今还在发行的学术期刊《表述》(*Representation*)的编辑之一。新历史主义发轫之初绝大部分影响深远的作品都是在该刊物上发表的。1997 年,他调往哈佛大学就职,一开始为哈里·莱文文学讲座教授,从 2000 年起,他成为约翰·科根人文学科讲座教授。在 20 世纪 90 年代,他担任了被广泛使用的《诺顿文集:英国文学》的主编之一及《诺顿莎士比亚选集》的主编。格林布拉特还曾担任最有影响力的专业学术机构之一——美国现代语言协会的主席。他获过无数学术奖项和其他奖励。2005 年他还因《俗世威尔》获得著名的普利策奖提名。

"新"历史主义

什么是新历史主义?当然,就像其名字所表明的,我们必须把两个方面考虑进这个定义问题:首先,我们需要思考历史主义;其次,这个版本的历史主义"新"在何处。

用格林布拉特给出的新历史主义区别于其他批评实践的一个最早的阐述来开始讨论应该是合理的。在他 1982 年为他编辑的一个论文集写的引言中,格林布拉特提出:

> 新历史主义侵蚀了批评和文学的坚实根基。新历史主义常常质疑其自身以及其他流派的方法论假设……此外,相较于建立文学作品的某种有机统一体,新历史主义似乎更注重开放地把这些作品看成是种种力量场域

(fields of force)、意见分歧和利益转换的场所、正统和颠覆冲动碰撞的场合……文艺复兴时期的文学作品，已不再被看作是和所有其他表达形式脱离开来的、包含他们自己确定含义的一系列固定文本，或者是对他们背后历史事实的一套稳定的反映。本书所表述的批评实践对之前的很多假设提出了挑战，这些假设确保在"文学前景"和"政治背景"之间，或者是更笼统的艺术产品和其他各种形式的社会产品之间有着严格的区分。这样的区分事实上也确实存在，但是他们对文本来说并不是本质性的；相反，他们常常是被艺术家、观众和读者所编造出来和并不断重述的。一方面，这样的集体性社会建构定义了在一个既定表述模式内的审美可能性的范围；另一方面，这些集体性社会建构也将这一模式连接到构成文化整体的机构、实践和信念的复杂网络。

(格林布拉特 1982:5—6)

7　　这段叙述中包含了很多东西，可以让我们借以解读新历史主义的一些核心概念。首先，该叙述中提到了文学文本的"有机统一体"。这是标志着挑战被称为"新批评"的核心观念之一的一种尝试。就像凯瑟琳·盖勒赫(Catherine Gallagher)和格林布拉特的合著《实践新历史主义》中所表述的那样，对他们来说，新历史主义"先是表明了对美国新批评的不耐烦，一种对已有规范和程序的搅扰，一种异议与局促不安的好奇心的混杂"(凯瑟琳·盖勒赫和格林布拉特 2000:2)。新批评家，就像我们稍后即将看到的那样，大都被看作是形式主义者，也就

新批评

　　新批评派指的是一群美国文学学者，他们的作品主导了 19 世纪 30 年代到 50 年代的批评界。其中最著名的有乔·克罗·兰色姆 (John Crowe Ransom,1888—1974)、克林斯·布鲁克斯 (Cleanth Brooks,1908—1994)、肯尼斯·伯克 (Kenneth Burke,1897—1993)、艾伦·退特 (Allen Tate,1899—1979) 和威廉·K. 威姆塞特 (William K. Wimsatt,1907—1975)等人。该运动的名字来源于兰色姆出版于 1941 年的著作《新批评》。新批评派反对之前强调语言变化的历史维度及作者的生平和写作目的的语文学的文学研究方法，他们意在指明，就意义而言，诗歌本质上是独立的、自给自足的。文学的解读应该是非关个人的、专业化的，这种解读只关注文本的非历史性价值(事实上，一个文本的价值很大程度上取决于其超越某个既定时刻之历史的非历史的能力)。新批评的中心理念包括这样一种欲望：将一首诗纯粹当作一首诗而去尽可能细致地加以考察，通过文本"细读"的实践去审视文本自身，强调文本的形式特征，譬如反讽、隐喻、悖论和奇妙的构思等。但是这种通过分析形式要素来展现一个文学文本是如何运作的准科学欲望——就像我们把一个机器进行拆解，以检查其中所有零部件以探究其是如何运作的那样——存在将文本变成一个僵死之物的风险。所以也存在这样一种动向：去解释作为一个整体的文本的效果，并进而展示所有的构成部分是如何共同创造某个特定文本的"存在"的。统一性、秩

序、和谐和超越变成了主导性的主题,新批评派企图证明诗
歌中所有可以被隔离的部分(包括反讽和悖论)其实也都可
以汇聚起来构成一个有机整体。正是基于这样一个原因,像
布鲁克斯这样的批评家坚持认为诗歌是不可以被诠释的,因
为诠释必然会聚焦于诗歌的某些方面而忽略其他的方面。就
像威姆塞特所指出的,文本是一个"语言符码"(verbal i-
con),它等同于一座雕塑或者一个花瓶,它就像一个单独的
物体一样,同样具有坚固性和完整性。在《学着诅咒》这部著
作中,格林布拉特明确地和威姆塞特拉开了距离。

(1992:1-2)

是说,他们的批评关注文学文本的形式,且他们通常都会展示
文本中的各个因素都发挥作用从而产生一个连贯整体的方
法。新历史主义者却不关注这种连贯性,他们关注的是文本中
那些似乎不协调的或者因此而不能被简单累加起来构成一个
有机整体的那些部分。将这些不协调因素纳入思考必然会涉
及需要将"颠覆"与"正统"一同思考,这就意味着得用新的眼
光去看待正统。需要特别指出的是,新历史主义的解读所强调
的文本中那些部分,与人们对产生文本的那个时代的理解方
式似乎相互冲突。在这一意义上,这里还涉及探讨对历史和历
史时期的批判性理解的问题。正是在这样一个双重运动
中——探索文本颠覆他们自己的方法,以及选择那些颠覆传
统上被用来阐释这些文本的历史框架的文本——批判的"坚
实根基"被破坏了。

当我们在思考新历史主义者是如何针对既定历史进行反向解读的时候，我们也需要注意格林布拉特在讨论历史时所使用的方法。格林布拉特认为物体并不总是处于稳定状态，历史也不是一成不变地等待着批评家从一个固定的角度去看待他们；相反，他使用了"转换""碰撞"等预示某种不断进行的过程的动词。这也是他之所以说艺术和社会其他方面的区别是"不断重划"的原因。正如新历史主义者们所描绘的世界是充满各种竞争性、冲突性的力量和信仰一样，对这样一个世界的解读本身是一个动态的、活跃的过程。

现在让我们回到格林布拉特的定义上来。我们需要思考的第二个方面是前景和背景的区分。这指的是这样一种观点：历史事实存在于文学文本之外，而且与文本保持着一定的距离。按照新批评理论，文本被看作是一个本身自足的、不需要外在的历史或社会知识或者作者生平等外在信息来使它产生意义。这种观点所产生的一个结果就是，文学在其狭义的文学史之外，对文化变革不会产生直接的影响。

同样的，像格林布拉特一样，谈论文学和历史之间的关系是有意试图表明新历史主义实践和各种旧历史主义之间的区别。当格林布拉特说他不同意一个文学作品能"反映"历史事实这个观点的时候，他的脑海中是一种太容易将历史看成是对文本的解释的那种批评形式；在这种批评形式中，文本中的任何有问题的地方都被放在一个不那么模棱两可的语境下加以解读。与此相反，对新历史主义学派来说，文学文本不能被孤立成一个个存在于历史之外的实体，而政治和社会方面的关切则被看成是美学作品进行表现的背景。在新历史主义者看来，艺术作品和其他形式的产品都是一样的，尽管这并不意味着所有形式的作品都是完全一样的。在某种文化中，在艺术和其他因素之间存在一种关系，新历史主义者的任务就是要去探寻这种关系到底是什么。也有必要去阐释艺术文本是如何对该文化的生产做出贡献的。在这样双重性的关系里，其中最著名的陈述之一就是路易斯·孟筹斯（Louis Montrose）的观点。孟筹斯将新历史主义所致力解决的问题归纳为"文本的历史性和历史的文本性"。这种结构的句子——句子的第二部分颠倒了第一部分的顺序，就像"未能准备好和准备去失败"（Fail to prepare, prepare to fail）等诸如此类——被称为"交错法"（chiasmus），是根据希腊字母 X（chi）来命名的。从修辞学上来讲，它试图表明句子中这两个主要名词的不可分离性（文本／历史或准备／失败）。蒙特罗斯对此进一步解释道：

> 对文艺复兴时期文学进行研究的新趋向可以被简洁地概括为，一方面，对文本的历史性的承认：文化的具体性，社会嵌入和其他一切写作模式，这不仅是指批评家们研究的那些文本，还有这些批评家的文本；另一方面，对历史的文本性的承认：一个完整而真实的过去和一段生活过的物质存在的不可得到性；这样的过去和存在都已被所研究的那个社会里的幸存文本调解过、中和过了。那些幸存下来的文本指的是历史学家在他们自己的文本中所构建的"文件"——也被称为"小历史"（histories），这些"小历史"是必要的但总是不能完全构建起他们想要到达

10

的那个大写的"历史"(History)。

(Montrose 1986:8)

　　格林布拉特支持新历史主义一般课题的这种观点(1992:
170),而且像蒙特罗斯一样,格氏不仅受到文学研究内部运动
的影响,而且也深受历史学科内部的影响。

　　在我上文引用的孟筹斯那个段落的结尾,也包含了对历
史学家海登·怀特(Hayden White,1928—　)著作的一个脚注。
在一系列影响深远的著作中,怀特提出历史(或是大写的历
史)主要应该被看成是一种写作形式,因此它像叙事一样是可
以被分析的。在诸如《元历史》(1973)、《话语的转喻》(1978)和
《形式的内容》等著作中,怀特一直在沿着这一思路进行探索。
怀特强调认识"历史性想象"在塑造历史解释中的角色的重要
性,他认为在历史编纂(历史书写)中总有一种本质上具有诗
性和语言学性质的"元历史"因素。任何前缀为"meta-"的概念
都隐含着一种更高层级的解释,而说到元历史,怀特的意思
是:总是存在一种历史哲学,支撑着某些特定历史被书写的方
法,而他的著作《元历史》因此就是一部关于历史的历史(正如
"元语言"是用来解释语言运作的语言一样)。对怀特来说,历
史学家通过再现(representing)过去来进行研究,而这些再现开
启了一种他称为历史"诗学"的意识。(怀特有篇关于新历史主
义的简要论文,参见 Veeser 1989:293–302.)

　　通过本书的第一章和第二章,我们将很容易明白为何这
种研究历史的方法会让那些研究文化诗学的人深感兴趣。格
林布拉特的历史不仅是通过再现可以触及的,而且历史也是

由再现构成的;而怀特则强调历史的诗学,两者在这里存在着明显的契合。两位思想家都对叙事(或者是范围更广的文学)的形式方面与历史理解交切互动的方式深感兴趣。尤其值得注意的一点是,怀特和格林布拉特都认为对历史和形式的关注是不可分离的,分析历史的书写(不论是他们自己的,还是别人的历史书写)都得涉及形式主义分析元素。所以尽管新历史主义反对新批评的形式研究,然而它本身也部分地是一种形式主义的实践,它避免了常见的形式主义与历史主义之间的对立。这一形式主义的特征也是为什么格林布拉特总的来说更愿意将其著述描述为"文化诗学"的原因之一,因为"诗学"这个概念就清晰地指明了形式的维度。

在试图归纳新历史主义的一些原则时,维瑟(H.Aram Veeser)提出如下5点:

1.每一个表达行为都是埋置于物质实践的网络之中的;

2.每一个揭露、批评和反对的行为都使用它所谴责的工具,并且都冒着成为它所揭露的行为的牺牲品的风险;

3.文学和非文学的"文本"不可分割地交织流通;

4.没有什么话语——无论是想象的和档案中存放的——能够让我们获取不变的真相或者展示不变的人性;

5.最后……一种足以用来描写资本主义文化的批评方法和语言参与到了他们所描述的体系(economy)当中。

(Veeser 1989:xi)

　　读者对这里的一些概念将会变得很熟悉，因为我已经对此做出过相关的论述；其他的则会在你读到"核心观点"（Key Ideas）那几章时变得更为清晰。我们暂时只关注其中几个主要观点。首先，在一种文化里的"表达行为"和其他实践之间存在一种相关联的感觉。在对表达进行描述时，维瑟非常注意，不把它局限在文学文本这一传统概念当中，这一点在第三点中得到加强。其次，当他提到揭露、批评和反对这些行为时，维瑟似乎给出了新历史主义阅读的目的，以及它在更早期的文本中意欲寻找的东西。他并没有暗示批评是中立的，或者说批评家也许有兴趣阅读或书写那些描写或强化某一文化主导价值体系的文本。但是他也遇到了一个难题。因为批评这一实践也是文化的一部分，而它也许不得不使用它的反对者所使用的同样的"工具"，所以总存在这样一种可能性，即批评的结果是巩固了那些主导性价值，即便其意图是要反对它们。这应该使我们对批评家是如何陈述他们的思想保持警惕，而不是完全相信他们所说的话。第五条观点清楚地说明了这一点。第四条观点对下面的思想做出了呼应：任何话语——维瑟在这里所谈论的也不仅仅是文学——都是某一特定历史时刻的产物，同时也深刻地影响着这一历史时刻；这一话语并非揭示出一种超历史（transhistorical）意义上的真理或人性——即那些对任何人、在任何文化中、在任何时刻都是千真万确的事情。

　　然而还有一个问题没有解决。这一点本身是"新"的吗？我 12 们是否可以说就像任何批评实践一样，新历史主义并不是凭空出现的呢？在这个新历史主义这一术语被发明之前，就有批评家按照这样一种也许现在被看作新历史主义的模式进行研究了。著名的文艺复兴文学研究者如斯蒂芬·奥杰尔(Stephen Orgel)和莱佛(J.W.Lever)早在 20 世纪 70 年代的著作中就与后来的新历史主义者有着相同的关注点（see Orgel 1975 and Lever 1971）。新历史主义者所做的就是更加明确地参与批判性"理论"，尤其是像米歇尔·福柯这样的思想家的作品；同时，他们也保持文学批评的很多传统特征。然而，判断新历史主义之新的一个方法，就是要关注它早期所受到的充满敌意的对待。一些批评家将其视为一种激进而颇具威胁性的马克思主义形式(see Pechter 1995)，而另一些人却将其斥为保守。即便新历史主义只不过是一些已有的文学研究方法的结合，它还是被看作一个令人不安的运动而需要加以抵制。正如盖勒赫(Gallagher) 所指出的那样："新历史主义批评的政治性即使如此难以确定，它还是招致了数量令人难以置信的十分具体的政治性批评"（维瑟书中盖勒赫的引文 1989:37）。正如我将在接下来几章中所展现的，定义或者是回应新历史主义常常是将其归入已有分类中的一种尝试（左派或右派、解放的还是退化的，诸如此类）。新历史主义最关键的一个特征就是它拒绝清晰地归入这样的分类之中，这让新历史主义的"新"问题变成了一个棘手的问题。它是否已根本性地改变了文学研究的状态(这里的 radical 一词是指词源学意义上的追根溯源)？还是说它不过是简单地强化那些在文学批评中早已有之的观念，而只是像广告一样贴上"更新更强"的标签，以此作为兜售旧货的一种营销方法呢？更重要的是，我们是否有资格去给新历史主义的未来下一个结论呢？最后一个问题我还要回过头来讨论,尤其是在"格林布拉特之后"这一章中。

关于本书

　　本章旨在简要讨论本书值得一读的一些主要原因。有关新历史主义,尤其是关于格林布拉特的论述,将会随着本书的推进而得到深入的讨论, 很多本章中蜻蜓点水般提及的观点将在"核心思想"(key ideas)部分进一步详加探讨。在"核心思想"中,我以两种方式对这些"思想"加以探讨。第一章和第二章讨论出现在格林布拉特作品中并对其他批评家产生深远影响的那些宽泛的概念,如文化和文化诗学等。这两章的综述将涉及格林布拉特整个生涯中的各个文本。在后半部分,第三章到第六章讨论那些对理解某个特定文本至关重要的概念,包括自我形塑、社会能量、惊奇(wonder)和想象等。本部分将显示出格林布拉特的作品总体上具有一种时间上的顺序感,并指出如何去解读其主要著作中的某些特定的讨论。

　　"为何要讨论格林布拉特"仍旧是一个难题而且也必须是个难题的另外一个原因是,在我写这本书的时候,斯蒂芬·格林布拉特依旧健在。我希望他还能继续健康地活着,我也希望他能写出更多的著作。当我这本书出版的时候,他可能又有了什么作品问世,但我显然不能将它们包括在本书里面了。因此,这并不是格林布拉特全部作品的一份导读,这正如我也不可能在本章中对他的生平作一个完整的介绍一样,但是它应该能为你更好地阅读他的作品, 包括他未来的作品,提供一些方法。

13

核心观点 ¹⁵

一、从文化到文化诗学 ₁₇

新历史主义有这样一种核心观念：文学是与其他的实践、行为和价值相关联的，因而文学总是和非文学的东西相关。所以文化的定义及一种文化的各个方面是如何相互联系的便成了理解格林布拉特著作的核心要点。在本章中，我将首先讨论格林布拉特的文化意识，继而探讨它是如何使文化唯物主义和文化诗学充满活力的。

"文化"

在最初作为文学研究批评术语词典的一个条目并发表于1990年的一篇短文的开头，斯蒂芬·格林布拉特提出为什么"文化"这一概念对文学专业的学生是十分有用的（格林布拉特2005：11）。令人困惑不解的是，他一开始似乎是在暗示这一概念也许并没有多少用处。部分原因在于该词的模糊性。文化一词都包括些什么呢？一切东西？如此一来，作为一个描述性术语，它就真没有太大用处了。但是如果它指的是更具局限性的概念，如社会结构、产品或者互动的话，那么它又该包括些什么、不包括些什么呢?

　　格林布拉特对围绕文化这一概念所产生的困难的认识与
另一位对他产生过重要影响的理论家是一致的。当雷蒙·威廉
18 姆斯在他的《关键词》一书中定义文化这个概念时,一开始即
指出:

> 　　文化是英语中最为复杂的两三个词之一。这部分是
> 由于其在多种欧洲语言中那错综复杂的历史发展过程,
> 但主要是因为它被用于多个不同的知识学科和多个不同
> 且互不相容的思想体系的重要概念之中的缘故。

(1983:87)

　　"多个"一词的不断重复为这个问题提供了一个线索。不
仅是文化一词本身定义不清,而且它在不同的语境下意指很
多不同的东西。这里的语境不仅指由于随时代不同而产生的
变化——虽然"历史发展"也是其中的一个因素——它也指该
词在不同语言中以及同一种语言中的不同学科中的多样含
义。正是由于这个术语缺乏确切的定义,或者说它总是能够容
纳多种定义,它在诸多领域中都被广泛使用,包括文学研究、
艺术史、社会学、人类学、历史、哲学、文化研究(很快也许会有
更多的领域)等领域,虽然在每种情况下其含义又有所不同。
而它在这些具体学科内的含义并不相互兼容,因此这些含义
也不能叠加起来以便得出一个更加完整的意义。试图定义文
化的努力仍在继续,在最近一次试图找出其决定性意义的尝
试中(see Bruster 2003),作者就对这方面的一些困难作了巧妙

的概括。

在试图给文化下定义的时候，格林布拉特不得不一开始先做一些广义的区分。这个概念指的是两个相互对立的观点，他分别称之为约束性（constraint）和流动性（mobility）。一方面是一套信念和实践频繁地得到机构（institutions）和"控制技术"的支持，这些信念和实践限制着个人的行为。格林布拉特在这里所说的"技术"不是指现代那些诸如闭路电视之类可以让人被观察、被控制的装置或机器之类的常见意思，这里这个词的用法呼应着希腊词中的"technē"①一词，技术（technology）这个词正是来源于该希腊词。"technē"这个词更接近于技艺（technique），其真正含义就是我们当今在"战争艺术""外交艺术"中所指的"艺术"（art）。

19

雷蒙·威廉姆斯（1921—1988）

　　威廉姆斯是 20 世纪中叶英国新左派最著名的人物之一。他先是从事成人教育，后又在剑桥大学任教。他的作品同时影响了文学研究和文化研究。他最重要的著作有《文化与社会 1780—1950》(1958)、《漫长的革命》(1961)、《关键词：文化与社会语汇》(1976) 和 《马克思主义与文学》(1977)。尤其是最后一部著作勾勒了他的文化唯物主义观点（本章后面还会提到）。作为一名马克思主义思想家，威廉

---

① 该词是一个笼统的术语，既指技艺和技术，也指工艺和艺术——译者注

姆斯强调政治和文学之间的关系，聚焦于像意识形态和霸权这样的概念，但他同时对它们的很多传统定义也表示质疑。确实如此，像《文化与社会》《关键词》和《马克思主义与文学》等著作都明确地要对一些主要概念的定义的发展过程进行讨论，他认为随着时间的变化，这些定义也会常常发生明显的变化。关于威廉姆斯，参见盖勒赫和格林布拉特2000:60-66。

　　虽然对个人行为的限制在日常生活中不见得有多么狭隘或明显，但是控制社会互动的规则却并非是无限灵活的。在那些存在限制的地方，当人们触犯法律并受到惩罚时这一点是显而易见的。但格林布拉特指出，在诸如我们周围的人表示不赞同的、也不那么富有戏剧性的姿态中，这些限制依然可以被觉察到。同理，通过对被认为恰当的行为进行奖赏，这些限制也会得到正面的强化。在这些或否定或奖励的例子中，我们并不一定能直接感觉到规约权力的运作，因为这并不是维护治安或者法律实施的问题。相反，这些思想表明的是，社会上任何阶层的人也许都可以在同一个社会中积极地（甚至是完全有意识地）参与向他人施加控制的活动。想一想"法律与秩序"这个短语，我们也许更容易理解这一点了。法律是自上而下施行的，而且是由那些被赋予权力的人（如警察、律师、法官等）来实施；而秩序在表现形式上就没有那些明显了，并且秩序的存在往往只是因为人们选择了一种不需要任何控制的方式行为。也就是说，秩序或可被看作是社会进行自我控制的结果。

这些都包含在约束（constraint）这一思想里面，但这也是格林布拉特首次将其与文学联系起来。他指出，文学是对得到赞同与被反对、恰当与不恰当、合法与不合法之间的边界进行文化强化的一部分。这在诸如讽刺（satire）与颂扬（panegyric）之类的文学体裁中所体现出来的赞扬与责备中表现得特别明显。这里的两个体裁——不论是赞扬还是贬抑——都意在强调某些具体的行为或行为模式。

米歇尔·福柯（1926—1984）

作为与法国结构主义和后结构主义相关的最有影响力的思想家之一，福柯的作品对多个学科都产生了深远的影响。这部分是由于他的作品本身往往就是跨学科的。他最著名的作品有《词与物》（1966）、《规训与惩罚》（1975）以及三卷本《性史》（1976、1984、1984）。福柯力图厘清知识的主体以及我们对这些主体所提出的问题所生成的过程。在法兰西学院，福柯被遴选为"思想体系史"讲席教授（教授职位），这一头衔很好地描述了他的兴趣点。在研究诸如疯狂、性、医院史和监狱史之类范畴的著作中，福柯分析了这样一些话语：它们决定了为什么在历史上某个具体时刻，某个特定的问题或话题必然会被以某种特定的方式来思考。他感兴趣的是，为何文本（包括文学文本）中或者像监狱之类的机构的运作中所表现出来的态度，似乎是一种集体性观点的一部分，而不是某个特定个体的观点。福柯著作的核心观点是这样一种观念：知识从来都是权力的一种形式。因此，精神病学或者疾病治疗方面的进步同时也会促生对那些被归为疯狂或有病之人的新的控制方法。这样的控制会进一步加强那些将这种范畴强加于病人之上的力量。但这并不意味权力就是简单地自上而下实施的。正如福柯所指出的："权力无处不在；不是说因为它包容万物，而是因为它来自万物"（1900：93）。种种思想体系正是这一控制过程的一部分，因此思想也参与了权力。福柯的思想也隐含着这样的观点：了解了思想为什么在某个具体时刻以某种具体形式出现，也能给我们一个如何以不同方式去思考某个事物的机会。

21　　　在讽刺中，个人或群体被加以嘲讽，但通常是有某些具体原因的；这些原因会向我们透露出作者的价值，或者作者那个群体的价值，或者目标读者的价值。当然，那些较具地方性的局部的指涉，如某个政治人物或者事件等，会随着时间的流逝变得干系不大了，因为当所涉及的事件变得无关紧要时，它们最初的力量也会不可避免地逐渐消退。所以有关福克兰群岛（又称马尔维纳斯群岛）战争（Falklands War），或者拿破仑，或者是伊丽莎白一世的某位亲信的玩笑，对现代读者来说也许并没那么辛辣尖锐，尽管它可能还是很好笑的。但是如果我们能弄明白这个笑话在当时为何是富有挑战性的或令人震惊的，我们还是有可能抓住这个笑话中较为严肃的那些成分的。

　　　我们需要搞清楚格林布拉特这里所说的是什么意思。要想解读这篇文章的意思，一个线索就是去研究他所使用的术语。格林布拉特对诸如"技术"（technology）、"规训""惩罚"等概念的使用，都深受福柯著作的影响。在思考有关法律与秩序的问题时，在指出秩序是某种文化的政治组织的一部分时，格林布拉特呼应了福柯的观点："国家本身就是事物的一种秩序……政治知识处理的不是人的权利，也不是人的法律和神的法律，而是这个必须被管理的国家的性质"（福柯2002：408）。在某个具体时间点上，也即在一个特定文化内，将会出现一些管理个人和社会实体关系的技巧，而分析这些技巧能让我们更加明白国家的性质。

格林布拉特根据他对一个社会中文学在控制技巧中的角色的认识，简要提出了一系列他认为适合针对文学作品的问题：

> 这部作品会强化哪种行为、哪些实践模式？
>
> 为何某个特定时间和地域的读者会觉得该作品引人入胜？
>
> 我的价值观和我所读的作品所隐含的价值观是否有什么不同？
>
> 这部作品是基于怎样的社会认识之上的？
>
> 谁的思想自由或行动自由可能会受到这部作品或含蓄或明确的束缚？
>
> 这些具体的褒扬或责备的行为是与何种更大的社会结构相关联的？

(2005：12)

这些问题大都指向文本之外的世界或文化，使文学与那　22

些机构和价值观产生一系列关联,而从严格意义上看,那些机构和价值观本身并非是文学性的。格林布拉特指出,但这并不意味着我们可以忽视文本的形式特征,或者放弃细读这种传统文学实践而仅仅青睐历史性或文化性描述。这似乎是在一部文学作品的形式特征——我们也许可以称之为文本性——和为文本提供框架的语境因素之间做出区分。然而,细读这一概念再一次将我们带回到文化,因为格林布拉特指出:"文本并不仅仅是因为指涉它们外部的世界才是文化的,它们是文化的,是因为它们自身就成功地吸收了社会价值和周围的语境"(2005:12)。如此说来,语境并不是文本的背景,或者是可以将其置于其中进行阅读的某个框架。文化语境并不存在于文本之外,而是被吸纳于文本之内;正是这样的吸收过程解释了为何艺术作品最初创作于某个语境之中,却能在该语境之外持久存在。

那么关于文本与文化之关系的观点的核心之处,是拒绝对一部作品的内部与外部进行僵化的区分。研究文学就是研究文化,但反之,要理解文学,我们得先理解文化。从这方面看文学研究是很有价值的,因为它能使我们更加充分地理解文化;但同样的,正是这种对文化的理解激发了我们阅读文学文本的兴趣。这一解释看上去似乎是某种循环论,然而,把它看作是我在"为何是格林布拉特"一章中所引用的路易斯·孟筹斯的"交错法"(chiasmus)的另一种版本或许更好。格林布拉特在这里的想法可以被理解为:文化产生文学,文学也产生文化。根据文化来思考文学能让批评家找到将文化理解为既在文学之内又在文学之外的方法。

现在，我们暂时需要回到格林布拉特的双重文化观上来——文化既有约束性又有流动性。他指出，一方面是疆界在加强，另一方面文化也使得结构处于运动状态中。只有流动性存在、边界有可能被跨越时，边界才有意义；格林布拉特在他关于"文化"的文章中，首先根据"即兴发挥"（improvisation，该词是《文艺复兴的自我形塑》中的主要术语之一。参见本书第三章）这一概念来论述他的文化观。这里的"即兴发挥"指的是什么呢？显而易见，这里指的是个人使自己适应文化限制的方法。正是"即兴发挥"这种结构提供了一套"有足够的灵活性和充足的变化范围、使大部分参与者都能适应某种既定文化的模式"（2005：14）。因此，大多数人都能找到一种遵守所施加限制的方法，而且他们通常根本意识不到这些边界的存在。毕竟，只有在你试图（无论多么不经意地）去进行一项该限制旨在禁止的行为时，你才会感受到这些限制。如果没有触及边界的自由，也就没有办法认识边界的存在。文学的一个作用就是把"即兴"呈现为一种能够学会的东西。换句话说，与社会行为的种种限制相妥协的过程，在某部小说中或许会被描绘成一种接受教化的过程。通过展示一个遇到困难但最终还是接受了她或他的文化限制这样的角色，一个文学文本也许可以从主题上去探索这一过程，而文本本身也是该过程中的一部分。

文学为这种即兴发挥的运作方式提供了一个清晰可辨的例子。文学中不仅存在着被作品内容所强化或挑战的社会价值，而且还存在着需要被协商的、具体的文化边界，譬如文类方面的成规等。文学边界的协商需要在任何给定的时间从某种文化中的材料里面去加以借鉴。没有人能够完全白手起家进行研究和写作，每个人都必须在现已存在的叙事、情节、语言资源和对某些特定主题和思想已有先期处理的基础上形成自己的作品。我们所认可的"伟大"作家都是那些能够有效地进行文化"交换"的人；他们把已有的某个事物，譬如一个耳熟能详的神话、象征或性格类型等，通常是通过改变其语境，或是将其与其他一些出处出人意料的材料相结合，然后将其转化成为其他的东西。文学中这样的例子很多，包括莎士比亚的戏剧、约翰·弥尔顿的《失乐园》、詹姆斯·乔伊斯的《尤利西斯》、简·瑞斯（Jean Rhys）的《藻海无边》和 J.M. 库切的《仇敌》。因此，艺术作品并非就证明了某一个才华出众者的原创性或者天才（在我们从浪漫主义以来的传统中，这两者都备受推崇），而是"**社会**能量与实践积聚、转化、表述和交流的种种结构"（2005：15，黑体为本书作者所加）。（"社会能量"是格林布拉特的另一个核心术语，最常见于《莎士比亚式的协商》一书中。见该书第四章）通常我们会把作者视为一个文本的来源，似乎作者是从一张白纸开始，单靠自己就描绘出一些独特而且是唯他才有的东西（因为天才这个词几乎总是与某位男性作家或艺术家联系在一起的）。于是乎一个创造艺术作品的人就被看成了某种特殊人才，要么是因为他能够创造出凡夫俗子无法企及的东西，要么是因为他直接得到了神灵的"启示"，使他的作品超越了我们这个平凡的世界。就像英国浪漫主义诗人雪莱在其《为诗辩护》（2002：513）一文中所指出的："诗人参与了永恒、无限和太一（the one）；在他的概念中，时间、地点和数量都无关紧要。"而这正是格林布拉特所挑战的超越时间和地点的那种永恒和无限感。在他看来，一个诗人的"概念"（即他的思想）深深根植于他生活和工作的文化当中，会受到具体的时间、地点所限，而其生产的艺术也不例外（这里我们也可以沿着另一思路来思考"概念"一词，conception 亦含有怀孕之意）。因此，格林布拉特模式中的艺术作品就置身于生产和接受这两极之间的某个地方。他强调的既非作者的创造性，也不是读者的想象性介入，而是积聚、转化、表述和交流。艺术作品从其本身所在的文化中汲取营养和素材，但它同时又改头换面，以另一种形式重新创造这一文化；这种新的文化形式能够穿越文化的内部边界和不同文化之间的边界，能够超越时间而远播四方。

在这篇简短的文章中，格林布拉特呼吁人们将各种阅读实践结合起来，这些阅读实践既受历史的激发也受文学文本的美学维度和形式维度的激发；在这些阅读实践中，人们有可能看见文本与那些似乎外在于文本的事物之间的关联。这就给批评家带来了一个难题，因为他／她必须能够处理那些通常被认为是历史学领域内的材料，但又决不能放弃其长项，即对那些本质上属于文学批评的材料进行分析。所以关键不是要成为一名历史学家，因为文学体验依旧至关重要，很有必要保持批判性阅读这种技能。换言之，文学作为艺术，里面依然存在着一些东西，使它和其他类型的历史文献迥然有别：

　　伟大的艺术作品不是文化材料流通过程中的神经中转站。当物体、信念和实践在文学文本中被表述、被重新

25　　想象和演现的时候，一些出人意料、令人不安的东西就会
　　出现。这些"东西"既是艺术力量的体现，也是文化深埋于
　　历史偶然性因素之中的标志。

（2005：16）

　　那些作为艺术作品之特征的文化材料的累积，并不只是
将该作品简单地变成一个容器，然后将思想、能量和实践等倾
倒进去。这些材料在艺术作品中被转化了，而这些转化是与
"原始"资源一起被表述和传递的。因此，批评家必须既要意识
到历史语境在塑造艺术作品中可能发生作用的方式，也要对
艺术作品的语境所发生的转变保持敏感。

文化研究

　　格林布拉特通过鼓励读者超越文学文本这一概念（这些
文学文本与产生它们的文化中的其他方面是隔绝的），将文学
批评向文化研究又推进了一步。在他自己的作品中，格林布拉
特讨论了各种类型的文学和非文学的文本、仪式、绘画和建
筑，而他的批评立场也来源于文学批评、历史、人类学、政治
学、哲学、精神分析和神学等。

　　那么格林布拉特的实践是否是一种文化研究呢？也许可
预测的答案是："是，但也不是。"作为一门学科，文化研究的历
史并没有对其目标和实践给出一个单一的定义，但是要辨认
出一些清晰的脉络也是可能的。从当代文化研究中心（该中心
是英国伯明翰大学英文系于1964年建立的一个分支机构）开
始，文化研究的英国流派就深受雷蒙·威廉姆斯的影响，力图

提高"大众"文化和"流行"文化的重要性,并将其作为学术研究的对象。威廉姆斯最有影响力的一个论断便是他的提议:"文化是普通的。"伴随着与欧洲大陆哲学日益紧密的结合,文化研究的范围得以快速扩展到那个时代之外,其原来根植于英文研究的痕迹也逐渐消失。文化研究开始关注诸如意识形态、种族、身份、殖民主义、性、性别和亚文化等方面的问题,而这些也是新历史主义的兴趣所在。文化研究产生了广泛而深远的影响,导致了文化研究本身作为一个具体学科的出现,但 26 与此同时,它的出现也模糊了与其他学科,尤其是与文学研究之间的区别。正如马乔瑞·盖博(Marjorie Garber)所评论的:"从某种意义上讲,文化研究无所不在,以至于作为一个范畴它几乎是看不见的一样"(2004:47)。正如文化一样,文化研究现如今也已经是十分普通的了。

当文化研究逐渐成熟而发展为一门学科时,它和文学研究的关系也就疏远了。很多文化研究者对文学并无真正的兴趣,这也是文化研究和新历史主义的一个显著区别。像斯蒂芬·格林布拉特这样的新历史主义者到最后总会回归文本,尤其是像莎士比亚戏剧这样的经典文本。格林布拉特对文化研究的态度是颇为复杂的,这涉及我们之前已看到的边界问题。他被导向两个泾渭分明的方向中,他坦称自己希望"能消除将文化研究分隔成狭窄的专业空间的所有界限";但同时他又承认"只要界限是可穿透、可协商的,那么它们就是有助于思考的有用之物"(Greenblatt 1992:4-5)。这也是即使在文化研究如此盛行的时代,人们仍要坚守传统文学研究的文学批评特征——也就是其形式特征——的另一个原因;或者正是因为文化研究的盛行,人们才更需要这种坚守。

文化唯物主义

正如我们早已看到的,"文化唯物主义"一词出自雷蒙·威廉姆斯的作品。它在此处的特殊意义是它在20世纪80年代成为文学批评内部与新历史主义相平行的一场运动。确实,《政治的莎士比亚》(*Political Shakespeare*)这一文本为文化唯物主义提供了一份宣言,书中包含了格林布拉特的《看不见的子弹》一文。那么文化唯物主义又是何物呢?

就像任何批评性运动一样,用过于狭隘的词汇对文化唯物主义加以定义是非常不明智的,因为被归拢到这一标题下的作品是多种多样的。实际上,文化唯物主义尤其抗拒分门别类,以至于罗伯特·杨提出这一概念"真的不过是描述英国的前马克思主义者的一种方法"(Young 1990:88)。在《政治的莎士比亚》1985年原版的序言中,编辑们对这一研究计划给出了一个更有力的定义:

27 　　我们相信,历史语境、理论方法、政治责任感和文本研究的结合对(传统文学批评)提出了最强有力的挑战,而且已经产生了大量扎实的作品。历史语境瓦解了传统上赋予文学文本的超越性意义,并使我们能够重新寻回文本的历史;理论方法将文本从旨在用自己的方式对文本进行再创造的内在批评脱离开来;对社会主义和女性主义的热忱直接对阵那些产生了大部分批评理论的保守性范畴;文本分析定位了对传统方法提出的批评,在这些方法中文本分析是不可忽视的。我们将其称为"文化唯物主义"。

(Dollimore and Sinfield 1994：vii)

　　根据此处的定义，文化唯物主义包含了四个要素：探究历史语境、运用理论方法、表达政治热忱、基于文本分析提出论点。就像在新历史主义中一样，历史被用来破坏传统的文学批评。文化唯物主义的理论关切点是十分明确的，就像是社会主义或女性主义的一个从属部分。但文学批评中的形式主义因素却被保留下来，但绝不是因为这样就能让文化唯物主义者们在历史上曾属于他们的地盘上挑战传统批评家。而如上表述中的语气也是值得注意的。语气中给人一种激进主义、挑战、献身和批判的感觉。这种批评所公开宣称的目标不是为了生产出更多对文本的解读，而是要用唯物主义的方法研究文化，从而制衡传统的阅读。政治热忱并没有被"添加"到对文本的文化唯物主义阅读之上，因为传统的批评也被认为是政治性而非中立或公正的；而对传统阅读的挑战也被看作是对那些阅读的政治性的挑战。

　　乔纳森·多利莫尔(Jonathan Dollimore)在《政治的莎士比亚》一书的引言中也类似地表明了新历史主义和文化唯物主义之间的一些联系，阐明了一种多理论相互交汇的状况，像"在文化研究中，历史学、社会学和英文相互交融，女性主义中的一些主要发展成果以及大陆马克思主义—结构主义理论和后结构主义理论，尤其是阿尔都塞（Althusser）、马舍雷（Macherey）、葛兰西(Gramsci)和福柯的理论"等也都融汇在一起(Dollimore and Sinfield 1994:2-3)。然而,多利莫尔也注意到了两个运动之间的一个关键性分歧。卡尔·马克思曾写下著名的论断:"人们自己创造自己的历史,但是他们并不是随心所欲地创造,并不是在他们自己选定的条件下创造,而是在直接碰到的、既定的、从过去承继下来的条件下创造"(Marx 1992:146)。

28　唯物主义

　　唯物主义拥有一段漫长的哲学历史,并涵盖了多种批判性立场,但在这里,多利莫尔和辛菲尔德明显是在马克思的"历史唯物主义"的意义上使用该词的。简而言之,历史唯物主义反对人类历史是由意识决定的这一观点。因此,形塑人类生活的力量并不是思想、阐释或者人类对这个世界的认识与理解,而是物质条件和社会条件的产物,譬如决定着一个社会中不同群体间关系的经济结构、法律结构和政治结构等。就其本身而论,它和"唯心主义"是相对立的;唯心主义强调人类意识和感觉在客体出现过程中的作用。这样,历史唯物主义努力在我们对世界的感觉和我们存在的现实之间开辟出一片空间,也容许与即将出现的空间保持一种批判性关系。

　　当我们阅读此论述时,选择要强调的是创造(making)还是环境(circumstances),这是至关重要的。正如多利莫尔说:"在文化分析中,有些人关注的是作为历史之创造的文化,而另一些人则关注那些并非自己选定的条件，这些条件限制和激发了历史的创造过程，这两者之间的分歧是最关键的"（Dollimore and Sinfield 1994:3）。这里的危险在于能动性（agency）问题。我们可以从这一角度来解读格林布拉特对限制性和流动性之间关系的强调，正如他在其关于"文化"的那篇文章中所指出的："在我写作的时间，似乎艺术总是在加强文化中的主导性观念和社会结构"（2005:16）。这也许就是他对数位读者批评其作品中的"颠覆和遏制"模式批评的一个回应（见第四章对此问题的更详细讨论）。

尽管文化唯物主义很显然受到马克思主义的启发，但它已经稳步远离了传统上对意识形态批评的强调以及多利莫尔所提及的、《政治的莎士比亚》中所包含的一些问题的阶级关系。这些问题包括女性主义、后殖民主义、性别及同性恋理论和制度批评等。《政治的莎士比亚》中除了对莎士比亚戏剧进行解读之外，还包括了很多有关其他主题的文章，如教育和经济政策、像"皇家莎士比亚剧团"这样的戏剧机构、电影和电视对戏剧的改编，以及莎士比亚与旅游产业或"遗产"产业之间的关系等。文化唯物主义特别强调对当下现实的介入。在20世纪80年代出现的很多重要文章都明确地回应了玛格丽特·撒切尔右翼政府的政策和行为。对当代问题的这些关注为目前莎士比亚研究中出现的"当下主义"（presentism）走向奠定了基础。这一点将在本书"格林布拉特之后"这一章中讨论。

"走向一种文化诗学"

让我们回到本书"为何是格林布拉特"这一章中看到的那段引文。在他对该书文体的介绍中，格林布拉特作了一番描述，将我们从新历史主义一词带向他更喜欢的一个术语——"文化诗学"。如果你重读一下这段引文（在英文版第六页），那么你就能够发现你对新历史主义的意识是如何开始发展的。我们已经见过的很多核心思想都可以在这里找到：批评是实践而非理论、正统性与颠覆性之间的相互作用、拒绝将文本内外进行明确的区分、对作品创作、建构和构成的强调，等等。但在上一次，我是将此作为新历史主义的一种定义来讨论的。倘若把它作为一种文化诗学的提纲来加以考量，那又会增加些什么呢？

在此，一种估量的方法就是去思考诗学这一思想是如何改变该短语中我们对文化的感觉的。它让我们开始意识到文化自身是建构起来的、是需要被建造的东西（这呼应了希腊语词汇 poiesis，意指建造）。但同样地，作为一种建造的产物，文化和其他实践相互关联，也和掌控生产的思维体系相互关联。为了展示这一点在实践中是如何运作的，我将转向格林布拉特的另一篇既包含方法论元素又包括其作品分析案例的文章。在下一章中，我将更加深入地探讨格林布拉特在其文化诗学实践中所运用的写作和论辩的典型模式。

《走向一种文化诗学》一文最初是在 1986 年作为一个讲座出现的。文章首先对"新历史主义"这一概念的流行进行了略显混乱的解释。但文章的核心目标是要区分格林布拉特所运用的实践方式和其他两种可能的选择：马克思主义和后结构主义。尽管马克思主义思想对格林布拉特作品的影响是不可否认的——当然也没有被否认过，该文章包含了一个简短的逸事，告诉读者他之所以转向文化诗学，恰恰是由于他对于曾被要求确认他到底属于哪一种马克思主义感到不悦。因此，格林布拉特并没有去选择成为哪种马克思主义，而是放弃了教授诸如"马克思主义美学"之类的课程，选择了不那么具有争议性的"文化诗学"。也许，这个例子再次说明，格林布拉特对不同的疆界之间、对各种思想和文化领域之间的僵化区分感到十分不安。格林布拉特作风一贯地避开了在他看来是非此即彼的错误选择，而更加青睐一个拒绝区分的术语。

在这篇文章中，格林布拉特集中探讨了两个思想家的作品，他认为他们分别是两种批评模式的典范：弗雷德里克·詹姆逊（马克思主义）和让－弗朗索瓦·利奥塔（后结构主义）。格林布拉特勾勒出了他们的理论研究（按照他的理解）是如何使他们做出关于资本主义影响的那些互相冲突的解释的；格林布拉特也认为两人的解释都不够充分。对詹姆逊来说，资本主义制造了一个分化的世界，是一种"压制性区分"（repressive differentiation）的能动体（agent）。这种压制性区分对公共和私人、个人和社会等之间进行严格的界定，制造出一种错位感和与他人的疏离感。而另一方面，利奥塔对资本主义的阐释却是截然相反的。他认为资本主义有一种抹平差异的效果，并产生了"单一的整体化"；其中，区别消失了，产生了一个单一的、同质性的整体（格林布拉特 1992：151）。格林布拉特认为他们的不同解读不仅表明了马克思主义和后结构主义的不可相容性,而且也揭示了"两种理论都无法和显然相互矛盾的资本主义的历史效果达成一致"(1992:151)。从这个意义上来说,詹姆逊和利奥塔都没有错,但他们的理论却都是不充分的,因为他们都没有看到资本主义同时在做着两件自相矛盾的事情。

对格林布拉特而言,詹姆逊和利奥塔都是十分重要的人物,因为他们展示了常常与新历史主义本身相关联的批评立场。是詹姆逊在《政治无意识》一书中提出了"要不停地历史化"的口号,这已被当作历史主义者的战斗口号了。詹姆逊同时也是美国最著名的马克思主义思想家之一。新历史主义肯定受到了马克思主义的影响。利奥塔是 20 世纪法国最主要的思想家之一,常常与福柯这样的人物相提并论。福柯的作品对旧有的、实证主义的历史主义向新的文化诗学的转变具有推动作用。通过选择这两个人物,格林布拉特能够标示出他自己的实践和与其相关联的思想的距离,尤其是与其对手的思想之间的距离。文化诗学受到了马克思主义思想和后结构主义的影响,但其发展到最后却与二者都不一样。

为了支持他的论点,格林布拉特接下来考察了三个例子:罗纳德·里根总统(里根在 1981—1989 年间任美国总统)的故事、约塞米蒂国家公园的包装和诺曼·梅勒在《刽子手之歌》里面对被判刑的杀人犯盖瑞·基尔默的虚构。每个例子中都悬而未定的,是艺术——至少是被认为存在于美学范畴内的那些材料——与某种历史领域或社会领域里的"现实"之间的关系。因此,里根总统惯于将电影(包括他自己出演的电影)台词运用到他的政治演说中去的倾向与约塞米蒂国家公园对景观的框定被并置在一起;反过来,后者又和梅勒的"虚构"(fictions)和虚构所牵涉的人物和事件之间的相互影响相关联。通过强调美学和社会之间的协商，格林布拉特既强调了对美学的挪用（就像里根不能区分总统演讲中的政治话语和电影中的虚构台词之间的区别那样），又强调当美学话语产生了某种利益——要么是金钱要么是愉悦感——时所发生的各种交换。最终，格林布拉特指出，无论是我们借以讨论艺术的传统术语（如模仿、寓言、象征和再现），还是詹姆逊的马克思主义或利奥塔的后结构主义所提供的阐释理论框架，似乎都具有太多的局限性，不能用来解释他所列举的例子。只有那种能对我们的批评术语的变换感加以历史性地具体关注，并将这种关注与美学考虑的敏感性结合起来的那种文化诗学，才能够对这些协商、传播和交换进行细致的勘察。换言之，如果我们在面对一个具有美学维度的对象时，只会用一套辖制着 32 我们观察艺术与非艺术（无论那是现实、政治、自然、资本主义还是其他东西）之关系的先入之见来进行分析，那么我们就容易陷入这样的误区：看不到这一具体的美学维度在该关系里的作用，或者对该关系所产生的影响。文化诗学的文化特征使其能够认识一部艺术作品在空间和时间里的具体位置；其诗学元素为看清该作品在该位置所产生的作用开辟了某种可能性。

小结

本章探索了格林布拉特著作中文化这一概念的核心地位,通过他称为文化诗学的实践对此进行了追溯。对文化这一概念的关注能让文学作品与语境发生关联;在这一语境中,文学作品以模糊一个文本的"内"和"外"之间的传统疆界的方式出现。通过将文学生产和其他形式的生产相关联,格林布拉特也强调了美学在文化转化中的具体作用。文化不再为精英们所专有(就如在"高雅"文化中那样),文化是普通的;但它同时又具备卓越的能力,给那些对其不可预测性敏感的批评家们带来惊喜。这种研究方法导向了文化研究,但新历史主义学家们还一直保留着这样的认识:文学属于一种具体的美学领域。很多该领域的关注点也是与以文化唯物主义之名展开的英国历史主义运动所共有的。在格林布拉特对文化这一术语的使用中出现的一个最为清晰的观点,就是强调对文本及其具体的历史境况的阅读,而不是对某种支配性的宏大理论的运用。文化意识必须要有对诗学的关注来辅佐和充实,而诗学的术语也总是定位于文化之中。

二、实践文化诗学 ³³

在斯蒂芬·格林布拉特的作品中，最引人入胜的特征或在于他的文体风格。尽管这一点的确促进了其作品的流行与影响，但这里我指的并不仅仅是其文笔的独特魅力，而是他在行文中所使用的论证结构和论证模式。因为正如我所言，格林布拉特试图避开关于方法论或理论意图方面的直接陈述，他的文本要求读者对他如何陈列素材的方式详加关注，并经常抵制对他加以概括的企图。尽管如此，我们仍然有可能找出格林布拉特那些业已成为新历史主义者批评模式的文本特征。因此，本章旨在集中分析作为一种书写方式而非一种阅读方式的文化诗学。

讲故事

格林布拉特的作品中充满了各种故事。除了我们可能会预期的历史性叙述，还有更多个人的、经常是自传性质的故事赫然出现在他著作的开头与结尾。格林布拉特注意到他有一种"想要讲故事的意愿，去讲那些批评性故事或者是那些作为

一种批评的形式来讲述的故事"（1992：5）。很多这类的故事是
以逸闻趣事的形式出现的，我马上将在下文讲到这些故事及
34　其意义。但是首先值得我们思考的是这种对于叙事的冲动，这
种意识到这些故事不知为何很有必要性与吸引力的感觉。

　　在《学会诅咒》的序言中，格林布拉特对这种难以抗拒的
叙述冲动做出了一种非常个人化的理解。首先，他将他对故事
的热爱追溯到他与父母之间的关系，追溯到他母亲经常对他
讲述他小时候的故事以及他父亲所讲的故事。他先是聆听了
那些给予他最初的"自我"感觉的故事，当他再去思考他父亲
所讲的故事时，就发生了一个重点的转移，即他不再对叙述即
是对身份的确认这种观点抱有同样的信心了。格林布拉特注
意到，在他父亲的叙述中他能够觉察出：

　　　　一种将失望、愤怒、对抗性和威胁感转变成喜剧性欢
　　乐的策略性方式，一种基于丧失的危险之上的重建自我
　　的方式。但是当我暗示这些讲故事的策略令人着迷的时
　　候，在这些策略的背后也有着不为人知的一面。因为在某
　　种意义上说，这些故事本身就是身份的丧失，虽然它们的
　　本意是要避免身份的丧失——这些故事也带有某些强迫
　　性的东西，就好像有人置身于我父亲之外并坚持让他无
　　休无止地讲述他的故事一样。

　　　　　　　　　　　　　　　　　　　　　　　（1992：7）

　　那么讲故事也就变成了一种似乎同时走向两个方向的叙
事模式。它可以被用作一种支持自我意识的方式，通过关联或

聆听一个人在世界中的位置这样一个故事，将自我与世界发生联系。但从另一方面讲，讲故事也可以当作强调被讲述者身份的一种尝试，其方法是不断地重复讲述，但却又总是抓不住一个确定的身份。这里的故事并非是个人自我意愿的表达，看起来反而更像是其他人（或者某位他者）要求讲述者去讲述的。正如我在讨论格林布拉特的著作时所提到的那样，人们会有这样一种感觉，即"内部"和"外部"之间的疆界拒绝被固定或者保持稳定。

　　这种极为有趣的特质不能被简单地理解为是格林布拉特父亲的个人特征。这看起来更像是叙述的一种特点及其被生产和消费的方式。格林布拉特认为有两种形式的规则掌控着叙述的生产与消费。第一是美学规则，包括决定了一个故事的好坏、是否产生愉悦感等的那些特征；第二是精神规则，这种规则体现在格林布拉特所提供的奇闻逸事方面，在这一过程中，他经历了一段极度不适的状态，即他感到被迫讲述自己的每一个思维及行动。这种分歧于是就产生了：一方面，他感觉到了作为"我"的自我存在感，这种感觉以故事的形式让他找到自己在世界中的位置；而另一方面，一个颇具讽刺性的疏离超然的内部声音又强制性地把他变成了一个"他"，从而引发了一种要与叙述保持一定的批评距离的欲望。格林布拉特指出：

　　　　我不能忍受我生活的强制性疏远，就好像它从属于另一个人；但是我或许能理解我自己声音中那诡异的他性（otherness），我使它变得可以理解并将其置于理性可控

35

的状态中,其方式就是通过理解所有的声音是如何被用陌生的经验编织在一起的。我致力于将那些已经为人熟悉的东西变得陌生,也致力于说明:在我们自身当中那些似乎不令人困扰实际上也未受困扰的部分(例如莎士比亚),其实是一些其他事物的一部分,是不同的事物的部分。

(1992:8)

格林布拉特从个人的奇闻逸事迅速地转向批评性研究;疏离的经验引出了他对声音之本质的洞见,这点是用第一人称表述出来的,它再次强调了这其中作为言说者的"我"的重要性。然而,声音不再是简单的自我表达,而是依赖于一种诡异的他性(otherness)的存在。正如看起来他的父亲是受外力强制来讲述他的故事一样,格林布拉特也逐渐感受到他自己在面对内部声音时那种类似的难以抗拒的冲动。

诡异 (The Uncanny)

此术语因弗洛伊德1919年发表的论文《诡异论》(The Uncanny)而闻名,但其在更早年间已有使用,后来在文学批评及批评理论领域得到广泛应用。诡异指的是一系列对我们的确定感的搅扰,大多涉及死者及鬼怪类、似曾相识的感觉,或者日常生活中对于重复、巧合、酷似者或是不合时宜的事物的恐惧与焦虑感。诡异指的并不是那种陌生的感觉,而是那种"奇怪的熟悉感"。(See Freud 2003 and Royle 2003)

这种诡异性导致该研究"将那些已十分熟悉的变得陌生"。[36]
尽管不是每个人都认为自己熟谙莎士比亚，格林布拉特的论点
仍是非常清晰有力。这里有一些阅读故事的方法，通常是阅读文
化文本的方法，可以帮助我们解释这些不可预测性。那些简单化
的身份观念让位于一种身份冲突及协商的理念。格林布拉特关
于"自我"声音的奇特分类提醒他并使他意识到（也应使我们意
识到）在任何声音中都具有他性，即使这个声音是来自于权威且
公认的莎士比亚。

一个故事可以引出一种批判性的深刻理解，它能对某种
批评位置的阐发发挥重要作用，而格林布拉特作品中包含了
一些远非与其论点完全一致的故事。在 1936 年发表的《讲故
事的人》（*The Storyteller*）一文中，德国犹太裔作家瓦尔特·本雅
明评价了"每个真实故事的性质"，他指出：

> 它明显或是隐含地蕴藏了一些有用的东西。在第一种
> 情况下，有用性可能在于某种伦理观念；在另一种情况下
> 则体现在一些实用的建议上；第三则体现在某句格言或者
> 箴言中。在每一种情况中，讲故事的人都向读者提出了建
> 议和忠告。

(Benjamin 2002:145)

本雅明从信息和阐释两方面对故事进行了对比，他抱怨
我们所接触的报纸中的叙述方式其实已经包含了解释的成
分。这就等于是隔绝了读者自己去解读文本的能力。在这种情
况下被呈现的信息，只有在它是新鲜的时候才保有其流通性，

但这个故事却能够坚持流传下来："它保存并浓缩了其能量，甚至能在很久以后再将其释放出来。"（Benjamin 2002：148）因此，本雅明采用类似的方法区别历史学家和编年史家：历史学家必须试图解释那些他们所记录的事件，而编年史家仅仅是陈列事件并为读者的自我解读创造空间。对本雅明来讲，讲故事的关键一点即是它的可再现性。听者专心去听一个好故事，是因为他或她想要把这个故事再转述给他人。因此，记忆就成了核心特征；故事在那些听者与复述者的记忆中继续存在，因此也就是保存了一种集体性记忆（the memory of a community）。

37

瓦尔特·本雅明（1892—1940）

　　瓦尔特·本雅明是20世纪最杰出的思想家之一。他将马克思主义观点与德国哲学和犹太神秘学有机地结合起来，其著作涵盖诸如悲剧、摄影、城市、毒品、文学、艺术、超现实主义、现代性和翻译等多种广泛的话题。他有两篇极具影响力的论文，《论历史概念》(On the Concept of History)和《技术可复制性时代的艺术作品》(The Work of Art in the Age of Its Technological Reproducibility)[（又被称为为《历史哲学提纲》(Theses of the Philosophy of History)]和《机械复制时代的艺术作品》(The Work of Art in the Age of Mechanical Reproduction)，但前面的题目对其原来德语题目的翻译更为精准)。第一篇文章尤其引起历史评论家的关注，该文涵括了本雅明在历史唯物主义看法上一些最为著名的论断。对本雅明来讲，我们与过去的联系并不要求我们必须将过去看得 "如其真实面目"，相反我们应以一种"违反其意愿"的态度来阅读过去。本雅明认为，传统上被承认的高级文化在某种程度上总是被牵扯进一种对不为该传统认可的无名作家实施压迫的政治体系里，他认为"任何一个文明的文件(document)无不同时也是野蛮行径的文件"(Benjamin 2003:392)。对这一点我们必须去辩证地看待，注意"同时"(at the same time)一词，本雅明并不是暗示艺术是野蛮的，而是指艺术与野蛮行径的关系能够、也应该被唯物主义批评家所解读。

　　即使上面的简短引文也能表明本雅明的文本充满了引人入胜的意象和表述，但我们若不想把这些意向和表述肤浅地理解为某种口号或者时髦语汇的话，就必须结合其语境、更加全面仔细地对其加以解读。本雅明的文风一直是许多人模仿的对象，他的文章经常呈现为一系列碎片式的叙述，常常使其思想灵光一现而不是传统的稳固论证，这让本雅明的文章极易被引用。机智诙谐且雄辩有力，难以捉摸又寓指丰富，这些文章通常很难读懂，而针对本雅明著作的研究著述也汗牛充栋。本雅明最为著名的作品包括《波德莱尔：发达资本主义时代的抒情诗人》(1973)、《启迪》(1973)、《德意志悲剧的起源》(1977)和《单行道》(1979)。然而，如果你确实对本雅明真正产生了兴趣，你就应该读一下四卷本的《本雅明文选》(1996—2003)和《拱廊计划》(1999)。

38   格林布拉特在《奇妙的占有》一书中引用了《讲故事的人》
（1991：1），本雅明的著作是他作品中经常参考的（见格林布拉
特 1980：86；1992：147）。例如，《文艺复兴时期的自我塑造》一
书中的第二章即取名为"机械复制时代的圣经"，这与本雅明
那篇最著名的论文题目相似。像本雅明一样，格林布拉特对故
事能够储藏并保存"能量"的方式颇感兴趣。他试图展开这样
一种文化，在这种文化中，故事起源于一个记忆与再生产的动
态过程，而不是将文化看作是一个统一的实体。格林布拉特不
仅同样对故事可能含有的那些有用的真相感兴趣，他也对向
他的读者重述故事感兴趣。尽管格林布拉特的确在这些故事
中夹杂了一些他自己的阐释，但还是给读者留下了接受故事
并对其进行重新解读的空间。

奇闻逸事的历史

　　格林布拉特作品中最为著名的奇闻逸事之一在《文艺复兴
时期的自我塑造》的结尾处。格林布拉特讲述了这样一个故事，
他在一次夜晚航班中坐在了一个男人的身旁，他希望这个男人
不会打扰他的阅读（他正在读克利福德·吉尔茨的《文化的阐
释》，此书后面将具体谈及）。事与愿违，这个男人开始讲话，他
告诉格林布拉特他的儿子生病住院而此刻他正在赶去的路上。
这位父亲讲道，孩子的病不仅损害了他的语言能力也让他丧失
了求生意志。为了恢复孩子的求生意志并能够理解儿子，这位
父亲随后要格林布拉特悄无声息地说一些话以帮他练习唇语。
他请求格林布拉特说的那个句子是"我想去死"，尽管不用发出
声来。格林布拉特无法帮助他，也就是无法说出那句话，在随后

的航行中，两人都陷入了沉默。

我们怎样去理解这样一个逸闻？这句话本身令人紧张不安，这种感觉除了表面上的一种不祥之意外，还有一些其他的东西。格林布拉特对他不能满足这位男子的愿望给出了两个可能的原因。第一，他有一种"迫害狂"（格林布拉特自己的用词）的感觉，即假如他说了那句话，这个男人就可能会将这句话当成某种心理暗示并杀死自己。但在格林布拉特的回答（或没能回答）中有些另外的东西让我们重新回到对故事的思索并考虑它与个人身份感的关系。格林布拉特是这样解释的：

> 我有种迷信的感觉，如果我模仿了那句可怕的话，那 39
> 句话便具有了某种力量，就像被赋予了某种法律效力一
> 样，这些词就会让我如鲠在喉。除了迷信，它使我比我做
> 的任何学术研究都更加有力地意识到我的身份与我说出
> 的话之间相符合的程度，也使我意识到我想要形成自己
> 的话语还是为自己选择我将要重复他人的话语的那些时
> 刻的程度。即使是一个孤单的、有需求的人请我说出那些
> 不是我自己的话，也是令我无法忍受的，这违背了我自己
> 的欲求的感受性。

> (1980:256)

格林布拉特害怕他被要求说出的那句话所展现的述行（performative）维度。换句话说，他害怕该句会成为某种"死刑的宣判"——没有过多描述某种状况，而是通过言说的行为而使得某事发生（关于这种意义上的"述行的"一语，见奥斯丁

1976）。但还不仅如此，他还感受到要紧紧抓住自己的话语的那种渴望，那些话语是他自我意志的表达。由此我们需要再一次思考语言与其外部的关系。一方面，有观点认为语言上的发声可以使世界上的某些事情真实地发生（例如，一旦他要求死去那个人就会杀死他）；另一方面，当一个人说话时，其言辞会对其身份感产生某种作用。

为了理解奇闻逸事对格林布拉特的意义，我们需要认识它的地位。这一地位关联到历史编纂学或者文学史已经确立的形式。部分对于奇闻逸事的反对源于它的不值一提，它太"微不足道"，不足以列入那些自称具有综合性或客观性的历史撰写项目的名单之中。奇闻逸事作为一种无须更宽大框架的故事讲述方式，看似具有某种自足性，这似乎都使奇闻逸事显得百无一用。但是正如我们在本雅明的理论中所看到的那样——每个真实的故事里都含有一些有用的东西——对一些批评家来说，奇闻逸事与更大历史的这种"非巧合性"（non-coincidence）正是其魅力所在。

在《奇闻逸事的历史：小说与虚构》（*The History of the Anecdote：Fiction and Fiction*）这篇极有影响力的论文中，乔尔·法恩曼（Joel Fineman）（格林布拉特在伯克利的一位同事，逝于 1989 年，享年 42 岁）将其注意力精准地放到奇闻逸事如何打断传统的历史叙事上。正如其副标题所示，法恩曼回应了他对格林布拉特《莎士比亚式的协商》书中《小说与摩擦》（*Fiction and Friction*）一文的观点，法恩曼从形式与历史两方面（尽管他从未真正与格林布拉特文中观点直接论辩）审视了奇闻逸事。法恩曼提出，"奇闻逸事决定了在某种具体的历史

编纂中,事件与语境相互融合的命运"。他继续谈道:

> 奇闻逸事,且让我们暂时把它称为对单独事件的叙述,是唯一地指涉事实时的一种文学形式或文学类别。它并不像初次看到它时那么琐碎微小。一方面,它提醒我们,奇闻逸事中有些许文学成分,因为显然有其他非文学的形式也会提及现实——通过直接描述、示意(ostention)、定义等——它们都不是奇闻逸事。另一方面,它也让我们意识到,奇闻逸事中的一些东西超出了它本身的文学地位,这种超越恰恰赋予了它以更具针对性的、具有参考性的方式接近现实的机会。
>
> (Fineman 1991:67)

作为奇闻逸事的故事,它既是文学的也是非文学的。具体来讲,它为现实提供参考。这种历史中突然冲入的真实正是引起历史主义批评家的兴趣之所在。其自足性使它成为一个历史编纂叙述的最小单元。奇闻逸事,我们也可称为微叙事(petit récit)或是小历史(petite histoire),打断了历史宏大叙事——从一个确定的开始到一个明确的结尾的宏大且有序的历史演进故事。正如法恩曼所示,如果我们把新历史主义看成一次打破或摆脱有序的历史继承观念束缚的尝试,它也成了为什么新历史主义不应被认为是附和詹姆逊的穿越历史或非历史(trans- or ahistorical)的指令去"总是去历史化"的原因之一(Fineman 1991:71)(详见第一章英文原文第31页)。詹姆逊的指令与其政治立场紧密相连,它依赖于这样一种确定的历史观:历史是一种有逻辑的演进。新历史主义拒绝认可这种历史的确定性。

在论文的结尾，法恩曼指出，"奇闻逸事是这样一种文学形式，它对开头、中间和结尾的叙述方式打破了那种以目的论为指导的，因而也是不受时间影响的叙事，从而唯一地让历史发生"（1991:72）。它的唯一性在于，它的确唤起我们对宏大叙事的特点的记忆，奇闻逸事并不仅仅是描绘，它也使用了其他一些与其他形式的叙事所共有的形式特征，诸如开始、中间、结尾等。但与此同时，它并不依赖于任何叙述框架或者语境，使其成为某种系列或者连续性的组成部分。历史编纂法拼命地想把所有部分嵌入一个连贯的整体，但奇闻逸事则是变成了更大的叙事中的一个"洞"（是整体中的一个孔洞），它既不依靠这个整体也不会将自己纳于其中。因为奇闻逸事被正统的历史编纂看作是可疑之物，因而根本没能在各种历史中被加以探讨，奇闻逸事的出现穿透了那种把它排除在外的历史。

该文章远不能用这些简短的概括可以涵盖，法恩曼论述的重要之处在于，它不仅提供了一种最为微妙的尝试，将新历史主义者的实践在文体风格层面与其知性的重要性相关联，也是因为盖勒赫（Gallagher）和格林布拉特在《实践新历史主义》一书中感到有必要对此文做出回应。他们基本认可法恩曼对奇闻逸事的形式特点及其在新历史主义中的作用的解读，也指出他们的愿望就是寻找"一种猛烈且隐秘的特质，使人能在历史的门槛前驻足甚至绊倒"（Gallagher and Greenblatt 2000:51）。但是他们也承认，只有某些种类的奇闻逸事似乎能够提供他们所寻找的那种彻底的陌生感，只有某些逸事可以开启历史的偶发性和不可预测性。奇闻逸事被楔入那些熟悉的事物之中，随之出现的裂痕正是批评的兴趣所在。盖勒赫和格林布拉特指出，奇闻逸事

> 可以被理解成一个工具，它将文学文本与关于这些文本的决定性因素的那些既成观念相摩擦，以揭示那些偶然的、被压抑的、被击败的、诡异的、卑贱的或者离奇的——简言之，那些未能幸存下来的——特征，即使这种揭示只是一闪而过的。

> (2000:52)

这与本雅明的作品——联想到一种对逆其纹理进行阅读的暗示，以及与格林布拉特有关故事与声音的其他论述的联系是清晰可见的。他们提倡的是一种"反历史"（counterhistory）形式。这样一种历史与现有的历史迥然有别，其证据的具体性不同，其叙述形式也不一样，它也能将在特定的历史时刻本来可能发生的事情纳入自己的考虑范围，而非简单地思考那些已经发生了故事。盖勒赫和格林布拉特随之列出了激发他们 42 这项研究的传统，包括 E.P.汤姆森（E.P. Thompson）的历史编纂学、英国的激进历史运动，以及福柯的作品等。他们从激进的历史学家特别是女权主义者那里学来的一样东西，是一种质问的欲望，他们问为什么某些地区的文化活动被认为是具有历史意义的，而其他地方则不是。按照上一章所论述的有关文化的观点，新历史主义者不愿接受这样的观点，即任何话题都内在地不适于作为历史分析的主题。有关历史的宏大叙述的

一个问题便是，它们排除了许多我们称为"日常生活"的那些内容，这也正是奇闻逸事能够打断宏大叙事的最为显著的地方。

厚描

作为格林布拉特对文化思考的一部分，以及在他想要在历史叙述和档案中寻找到某些特定的时刻——通过故事或奇闻逸事来求证的——来打断那些传统叙述，并把它们变得陌生的过程中，格林布拉特受到人类学家，尤其是克利福德·吉尔茨（Clifford Geertz）的影响。尤其需要指出的是，新历史主义批评家们追随着格林布拉特的步伐，借鉴了吉尔茨的"厚描"（thick description）理念。

在吉尔茨的民族志人类学观点中，被强调的并不是民族志说了什么或是它的理论维度如何，而是民族志学者做了什么。就这点而论，它清楚地反映了新历史主义强调其作为一种实践活动的地位而非只是某种理论的观念。吉尔茨认为[他借用了英国哲学家吉尔伯特·赖尔（Gilbert Ryle）的观点]，民族志学者所做的就是一种"厚描"。他这里的意思是，阐释的作品并不是添加到某项人类学数据上的，相反，它是所有民族志的一个组成部分，因为即便是在最简单的材料中，阐释也包含了表意（signification）的分层：

> 分析……是整理出表意的种种结构并决定它们的社会基础和意义（social ground and import），赖尔称这些表意结构为既成的符码（established codes），这是一种有些误

导性的表达方式，因为它使得这项事业听起来很像密码
破译员的工作，而实际上它更像是文学批评家的工作。

(Geertz, 1993a: 9)

　　这些表意结构部分是由于下面的事实所造成的：被观察 43
者的行为动机源于他们自身，即通过这些行为他们能够有何
种收获的一种意识。所以任何信息提供者在对一个民族志学
者讲述故事时都会自然而然地掺入某种阐释（一种或隐或现
的"我们做这些是因为……"或"我们以为这会是一个好办法
……"），即使表面上看起来他们只不过展示了某种情境下的
事实。因为吉尔茨相信人类学家应该关注象征性行为，至于我
们是否把这个行为当成思想的产物（因而行为会示意某种思
维方式），或是某种学来的行为形式（强调的不是个人的意志
而是掌控行为的社会仪式，等等），这个问题并不重要。重要的
是这个行为意味着什么，正如他所指出的，"文化是公共的，因
为意义也是如此"（1993a: 12）。厚描试图思考那些持续冲突而
且不断变化的结构，通过这些结构，意义被产生出来并超越了
由于简单列举事件和行为或未经解释数据的目录所造成的
"单薄"感。对我们来讲，有趣的地方是，吉尔茨将民族志学者的
阐释过程比作文学批评家的工作。在对人类学发展现状做
出评价时（至少在1973年），吉尔茨指出："意义（meaning），这
个难以捉摸且未经充分定义的假实体（pseudoentity），现今又
回到了本学科的中心，而我们曾经满意于把它留给哲学家和
文学批评家来笨手笨脚地处理"（1993a: 29）。所以格林布拉特
对吉尔茨的兴趣，部分是因为后者承认文学批评与人类学在

意义和形塑它的文化交易方面有共同的关注点。正如盖勒赫和格林布拉特注意到的那样，吉尔茨的作品"理解我们已经在做的事情，它让我们重新寻回了我们自己的专业技能，让我们知道那些技能比我们本以为的更加重要、更具启发性"（2000：20）。

　　吉尔茨根本上是将文化视为符号学的，即文化是建立在对符号的使用和阐释这一基础上的。文化因此不能被看作是能够引发事件的某种力量，而是事件发生并变得有意义的语境。如果所有的人类学描述都是阐释的话，那么去思考那些被观察者对他们自己的行动所做出的解读将会是很理想的。因此，人类学作品就成了第二或第三位的阐释（只有事件中的人物才能成为第一位阐释），这就是吉尔茨称之为"小说"或者"虚构"（fiction）的原因。吉尔茨是这样为该词作注的："虚构，就是说它们是'被制作的东西''被塑造的东西'——这是拉丁文 ficto 的最原始意思——并不是指他们是虚假的、非事实性的，或者仅仅是'似乎'什么的思想实验"（1993a：15）。在人类学中，这些虚构本身也是民族志学者所做的事情，也就是说，他们的主要活动就是书写。

　　然而吉尔茨也强调，当人类学虽然也试图参与当地的具体情境，但在小场景（small picture）与大场景之间总是存在着一种联系。但这种联系是什么呢？一种选择是微观思想，用吉尔茨的例子来说，美洲的一个小镇在某种程度上被看作是包含了一个国家（或者，这个国家不过是该小镇特征的外展）。这种选择有两个问题：第一它太过荒唐，第二它是对人类学家的研究对象的一种错误理解。如吉尔茨所言："人类学家并不是研究村庄(部落、城镇、社区……),他们是在村庄内做研究"(1993a:22)。相反,"社会行为并不仅仅只对它们自身做出评论"(1993a:23),人类学家收集具体数据并从中获取某种意义,这种意义远远超过它们在当地的影响。

吉尔茨想要保留的是一种与所观察的人和材料的对话感。对他来说,"以符号学方法研究文化的全部意义在于……帮助我们进入概念的世界,在那里生活着我们的研究主题,以便我们可以与它们对话——在该词的一种更深广的意义上"(1993a:24)。这就潜在地在理论与研究对象之间建立起一种张力。吉尔茨声称,理论的趋势是走向一种被抽离的、内部稳固的结构,民族志研究不是把民族志作为其研究起点,然后远离一种文化,而是旨在更深入地走入那种文化。民族志学者旨在接过他人的论述,以便在同样一件事情上谈得更多(或是谈得更为精准),而非采用某种可转移的理论,让你能够从一种分析中提取些许工具然后将注意力转移到其他的研究对象上。因此吉尔茨指出,有一种形式的写作是最适合这种阐释的,那就是散文(essay)。

散文

毫无疑问,新历史主义早期那些颇有影响的作品大多数都可被定性为散文性的。正如道格拉斯·布拉斯特(Douglas Bruster)所注意到的那样,正是期刊《表述》(*Representations*)以及从中选取文章编成的散文集如《表述英国文艺复兴》(*Representing the English Renaissance*, 由格林布拉特编于1988年)等,将散文塑造成20世纪80至90年代文化阐释的主要形式

（布拉斯特 2003：223-4）。同样，法恩曼提出"正是新历史主义那些散文性的巨大成就，使文艺复兴时期由弗朗西斯·培根发明的散文形式在我们的时代重新焕发了活力"（法恩曼 1991：75）。格林布拉特的一些书，例如《学会诅咒》（*Learning to Curse*），明显就是散文集，但即使是其他的一些作品，例如《莎士比亚式的协商》也给人以同样的感觉，似乎它们是一系列分散的各个部分被拼凑在一起的。而其合著作品如《实践新历史主义》同样地包含两个章节——第一章和第五章，它们是格林布拉特早先以自己名字发表的文章。

　　那么这些散文形式的诱人之处在哪里呢？对一个研究文艺复兴时期的学者来说，用散文形式写作的一个主要的诱惑在于追随法国伟大散文家米歇尔·德·蒙田及同样著名的英国散文家弗朗西斯·培根的足迹。两位作家按照法语的词源"essai"或是"散文"的动词意义（尝试）将他们的散文看作是"企图"或"尝试"。培根和蒙田致力于为他们的读者提供一些有用的东西，将个人的经历融入从古希腊及古罗马那些颇有名望的作者处搜集到的素材中。他们选择散文形式，部分是因为他们想要激发读者思考的欲望，他们不想以专横的方式简单陈述应该想什么或者做什么。特别是蒙田的文章经常脱离主题，游离于题目所示的主题之外并进入意想不到的、经常令人困惑的领域。格林布拉特大量地参考了蒙田的著作，他的作品在格林布拉特的所有主要著作中都有提及，并且格林布拉特的一些主要散文中使用的一些关键性奇闻逸事和故事都是来自《蒙田随笔》。

　　然而格林布拉特使用散文形式并不仅仅是他深受某些特

定作品的影响。正因为散文写作似乎能够抵制一些更为整体化的话语形式，因此它在批评写作中也就占有了一种特殊地位。正如西奥多·阿多诺在《作为形式的散文》一文中所述：

> 在思想的王国里，实际上只有散文才成功地引发了人们对于方法的绝对权威的质疑。散文顾及非同一性（non-identity）意识，但并没有直截了当地将其表达出来；它的 46 激进体现在它的非激进主义立场，体现在它避免将事情简化成某种原则，体现在它对部分而非整体的更加强调，体现在其零散性特征。
>
> （Adorno 1991：9）

尽管在阿多诺的批评实践与新历史主义之间存在着显著的区别，但他对散文形式的特征描述与新历史主义者的实践理念无疑却是遥相呼应的，新历史主义坚持认为，这种实践对主导了许多批评写作的支配性体系具有抵抗力。阿多诺继续指出，散文显示出它对真相（truth）与历史是对立的这一思想的挑战，根据这种思想，真相在历史上是一成不变的——无论在何种语境下也不论什么时间，真的永远是真的；但阿多诺却指出，真相总是在历史中产生的（truths are always historically produced）：

> 如果真相事实上有一个时间性内核，那么整个历史内容就成了其中的一个不可或缺的时刻……它与经历的关系——就像传统理论对纯粹的范畴所做的那样，散文对经

历投入了同样多的东西——便是与所有历史的关系。

(1991：10)

传统的批评性叙述或许会自称能对任何事情都能说出点东西(或者能够说出有关某一件事情的一切)，散文则以自身特点展示了一幅部分性景象。它并不旨在展现全貌，而因此它也要求读者自己去建立联系，去探寻把它放在何处最为合适。这样做不但没有削减它的真实内容，相反却呼应了我们感知世界的局部性特征。在这里，蒙田再一次变得十分有用。在讨论他自己在构思文章所使用的例子时，蒙田直接与读者展开对话。他指出，如果他的例子看起来不起作用，那么读者应该去自己寻找例子。因为在最后，蒙田并不在意他的例子是否是真实的，而是在意读者是否能从中学到什么东西：

> 在我对我们的行为举止和动机的研究中，那些令人难以置信的证据——假设它们仍是可能的——能够和真实的证据一样有所助益。无论它发生过与否——对彼得或是约翰，在罗马或是在巴黎，它仍保持在人类能力所及的范围之内；它告诉了我一些关于它的有用的东西。我能看到这一点并能从其外表上和真实中同样获益。一个故事通常有各种不同的版本，我会使用那个最罕见和最难忘的。有些作者的写作目的是讲述已经发生的事情，我的目标(如果我能做到的话)则是讲述能够发生的事情。

(Montaigne 1991：119)

格林布拉特以他对讲故事的兴趣、对使用奇闻逸事的兴趣，以及对散文形式的情有独钟，他也同样关注有可能从某种叙事中可以学到的东西，即便这种叙事并没有讲述我们所称为历史事件的东西。文本成了一个事件（event）。格林布拉特笔下的奇闻逸事是罕见且令人难忘的，这些故事不是向我们展现一部人类史或是某个时代的一整段历史，而是告诉我们有些人所能够做的东西。

小结

新历史主义最为显著的特点之一——而其中又尤以格林布拉特的作品为甚——就是它的文体风格。格林布拉特的作品经常围绕故事和奇闻逸事展开，这给予了其作品一种独特的风味，但同时也在塑造新历史主义所呈现的那种历史中扮演了更为重要的角色。与其说新历史主义者的文本提供了针对一段时期的概观或是一种历史哲学，倒不如说它们倾向于聚焦于反历史和那些刺穿宏大历史叙事的时刻。这种对叙述、讲故事及奇闻逸事的强调，部分地源于人类学家克利福德·吉尔茨的影响，但是诸如瓦尔特·本雅明之类的思想家的作品，亦对此加以强调。正是这种出于对"逆纹理"摩擦历史的关切——既作为一种文体选择也是一种政治原则——才致使新历史主义者在他们的写作中对散文形式倍加青睐，因为散文是拒绝生产宏大叙事的形式的另一个例子。

49 # 三、自我塑造

　　身份问题是理解格林布拉特的第一本主要著作《文艺复兴时期的自我塑造》的关键,该书仍旧是新历史主义的代表作之一。正如我们所见到的,格林布拉特的一个持久兴趣就在于一种说话的声音的可能性, 以及与该声音认同以便可以安全地说"我"的可能性。在第二章中,我们看到格林布拉特如何将讲故事者的声音与想要通过叙述确立自我身份的欲望相关联, 但同时他也认识到那些叙述也可能标志着一种身份的丧失。我们或许可以把《文艺复兴时期的自我塑造》看作是格林布拉特检验叙述的双重效果或 16 世纪文本中诗性声音的一次尝试。

自我与身份

　　对于身份的关键性讨论倾向于强调两个相关的问题,两者都是任何试图定义自我研究的关键。首先,有些辩论围绕着自我是否是一个自然的、"给定的"(given)的实体——我们的特质是天生的,是我们与生俱来的——展开,抑或,自我是在社会和文化中通过我们与世界及他人的互动而构建起来的。

　　其次，我们也许会问关注的焦点应该是个体性自我，还是 50 按照性别、种族、宗教或是民族身份等所划分的社会身份和集体身份。正如乔纳森·卡勒（Jonathan Culler）所言（1997：10-122），这两个问题的要素倾向于结成四个关于思考身份的主要面向。如果我们认为身份是已定且属于个体性的，我们将会视自己为独一无二的，认为自我是通过自身言行所表达出来的某种内在核心或本质。我们对于自我的意识则将相对独立于具体的行为或社会位置，具有一种恒久不变的性质。这一点成为传统上的性格观念以及与之同时存在的价值判断的基础。因此一个人是好是坏不在于一个特定的时刻而是在于一种基本方式，很容易看出这点怎样发展成为文学中关乎英雄和恶棍的理念。人物之所以会那样行事为人，因为他们正是那样的人，恶棍做坏事因为他本身就是邪恶的。我们可以在塞缪尔·泰勒·柯尔律治对莎士比亚《奥赛罗》剧中伊阿古这一角色的著名描述中看出这点。柯尔律治评价伊阿古具有"无缘无故的敌意"，他的毁灭性行为源于他的邪恶本质。根据这一观点，伊阿古的行为并不是对于一种境遇的回应——他没有动机；与此相反，这不过是他自我身份的一种表达。

　　第二种组合认为身份是天生的也是社会的。在此观点下，个人身份绝大多数取决于不可控因素，例如出生于特定的性别和种族，一个具体的国籍或是社会阶层的某一位置等，我们对于自我的认识将根本上与这些出身所致的社会地位有关。同理，我们不是为我们自己选择这些特质，而是认同于这些依附在特质上的价值。因而，用文学的话来说，我们或许能在下面这种故事中发现此类情形：人物先是"丧失"了个人的身份，但到叙述快结束时，总是能够重新找回其身份。这里有一个例子是莎士比亚《冬天的故事》中的珀迪塔（Perdita），这个来自王室的孩子虽然被牧羊人抚养成人，却时时透露出贵族的气质。

再次，我们可以将个体性的事物与被构建的事物联系在一起。我们不是要去识别——更不是去认同——一种根本性的自我感，而是这种观点将强调在形成某种身份时的特定行为的重要性。这是存在主义所持有的观点，就如其名字所示，它强调"存在先于本质"，也就是我们只能通过检验自己做了什么来发现自我。法国存在主义领军人物让·保罗·萨特（Jean-Paul Sartre, 1905—1980）指出：

51　　　　　首先是人存在，遇到他自己，在世界上涌现——并随后定义自我。如果作为存在主义者的人认为自己无法定义，原因在于刚开始他什么都不是。他什么都不是，直到后来，他将会成为他自己所塑造成为的那种人……人就是这样存在（Man simply is）的。人并不就是他自己所构想成为的那个人，而是他意欲成为的那个人（he is what he wills），是在他已经处于存在的状态中作为他所构想的自己——是在跃向存在之后他意欲成为的样子。人不过就是他将自己塑造成的那个样子，而不是任何其他的。

　　　　　　　　　　　　　　　　　　　　　　（Sartre, 1989: 22）

那么性格（character）就不再是我们所"具有"的东西，就像是一种支撑我们所有行为的内在本质，而是被我们的"行为"

所界定的东西,由我们的选择和行事创造出来。萨特的人类存在观依靠的是一种基本无神论,此观点主要认为人类不是任何一种神力或是上帝以特定方式创造的,也就是说,我们并没有作为一种具体目的的表现被给予身份。在文学中,欧内斯特·海明威的几个人物依照此原则行事,此中由《丧钟为谁而鸣》的罗伯特·乔丹为最。即使面对无可避免的死亡,乔丹也希望死得其所,这表现了一种有意识的选择而非是他"性格"的影响结果。

最后,如果我们把社会性与被构建之物结合在一起,我们的身份将会通过我们在世界上所扮演的角色被建立起来,我们的身份也就是我们是如何凭借那些角色而被看待的,就像我们看自己一样。有关身份的关键因素由此就变成了职业(或者职业的缺失)、家庭角色(或者它的缺失)、经济或社会地位等。正是根据这样的类别,我们的身份才被承认并受到评判。这里的一个例子可以是约瑟夫·康拉德的《黑暗的心》中的女性角色,她只是被称为"未婚妻",因而她最初被定义只是通过她与库尔兹的关系而非拥有一个独立的属于她自己的身份。她没有名字意味着任何时候她出现在文中我们只能记得她与他的关系,她的身份即使在库尔兹似乎依然与他紧紧相连。另一个例子也许包括那些包含了代表他们品质的人物——一位牧师、一个士兵、一名妓女等——他们并没有被赋予个性,因为他们的角色是来暗示一类人或者只是满足情节的特殊需要。

当然,在文学作品中,文本的戏剧性张力通过对身份的不同思考方式所产生的冲突营造出来。在一部小说,例如狄更斯 52 的《远大前程》中,一些人物对于世界的认识以及自我的定位与他们对其他人的看法相龃龉。因此皮普相信郝维辛小姐算是他的恩人，因为他不能想象其他人（譬如说马格韦契）会像郝维辛小姐对他一样好。他依据自己对"罪犯"的感觉定义了马格韦契。同样，他无法相信艾丝黛拉是马格韦契的女儿，因为他在第一次遇见艾斯黛拉时便把她与其社会地位联系在一起。相反，郝维辛小姐的身份在她生命的特定节点已被固定，她失败的婚姻暗示她对自我的感知已被确定，这并不是通过一种内在本质而是经由发生在她身上的一件具体事情决定的。随后她让艾丝黛拉产生了对两性关系的扭曲认识并逐渐灌输其残酷品质，显然这种品质是典型的且被构造的。但是小说的最后她的傲慢被打消了，她在气质和外表上都发生了改变，这就显示出，一种已被建立的身份也可以被重新构建。皮普的自我身份因他的社会地位和他人的认可而发生变化，但这也导致他对乔及他所成长的这个世界的陌生感。狄更斯通过把皮普设定为孤儿从而操纵着我们对于身份起源的感受，皮普只有通过他从墓碑上读来的东西来了解自己的父母。《远大前程》展现了这些不同的可能性，它让读者对此提出疑问：是否性格关乎天生或遗传的特征，关乎童年和教育，关乎社会和经济地位，关乎他人的观察与看法，还是说关乎对事件的反应。

那么在这种对身份本质的思考中，格林布拉特的自我塑造观念又适用于何处呢？

自我塑造

让我们从头开始。这本书开头写道："我的研究课题是从

托马斯·莫尔到莎士比亚的自我塑造；我的起点非常简单：在
16世纪的英国既有自我（selves），又有一种这些自我能够被塑
造的感觉"（1980：1）。正如格林布拉特曾经指出过的那样，这
一点对读者而言也许不是太有帮助，因为这种说法或许太过
明显了，因为在任何时期都存在着自我（或至少一种关于自我
的感觉），而身份在某种程度上总是有关于有意地塑形和构建
的。但其实事情比我们所看到的要复杂得多，如果我们想去理
解16世纪关于"自我"和"塑形"方面的具体观点，就需要对 53
"自我"和"形塑"进行更加准确的定义。格林布拉特对有关身
份问题的提出是出于当代人对此问题的关注，但他的处理方
式则是具体针对16世纪的。

　　我们接着看格林布拉特的第一段，他对自我的定义给予
了四种特征：（1）"一种个人秩序感"；（2）"一种对世界言说的
典型性方式"；（3）"一种被限制的欲望的结构"；（4）"一种在身
份的构建和表达过程中的有意塑形的元素"。这其中有几个方
面需要注意。第一点聚焦于一个个体自身对自我的意识。第二
点强调个体如何向世界展现她或他自己并暗示：其中存在一
种连贯性，而且这种连贯性会变得更加典型、更加地道。从这
个意义上讲，这是他人可以辨认的一种自我的版本。第三点，
个体的欲望受个人局限感的限制，或者这些欲望与限制它们
的一种结构相接触（当然，这也许是两者的集合，因为个体对
于欲望边界的感知可能是一个外在禁令的内在表现）。这点与
格林布拉特认为文化即是束缚的观点相呼应，这个我们在第
一章已经谈到了。第四点，不只身份的形成是由一种意志性行
为（act of will）的构建，身份的表达也是如此，它们至少有一部

分是被选择的,而非全部都是给定的。这里的第四点可以回溯到第一点和第二点,这清晰地说明:格林布拉特的主要兴趣在于身份构建而非身份的某些既定方面。最后一点也明确地显示:在个人对身份的感觉和该身份被表达其中的世界之间,总是存在着某种关联。这里再一次让人想起格林布拉特曾就"文化"问题所进行的讨论,他曾经讨论过社会结构可通过非正式、非制度性的控制形式来加以展示的种种方式。此处也许可以被总结为自我总是与他者相关。

从历史的每个阶段来看这点都是对的,但是格林布拉特注意到:"在早期现代时期,掌控着身份产生的智力的、社会的、心理的和美学的结构发生了一些变化"(1980:1)。因此在该书中,格林布拉特对有关一种历史上具体的自我意识及其形成与表达做出了声明,他对自我的阐释试图考虑进智力的、社会的、心理的和美学的种种因素。正如我在第一章中所指出的,在这四个因素中力求寻找到平衡点,需要格林布拉特对文化有着十分具体的理解。

在前面几章中,笔者指出格林布拉特和其他一些新历史主义者一样,将文化看成动态的、有争议的和满是冲突的现象。与此相类似,他著作中对自我的定义也成了一个这样的问题:即试图理解个体是如何与文化内部那些相互冲突的思想和种种可能达成妥协,并且在它们之间进行协商与沟通的。格林布拉特将它视为一个辩证的过程。尽管我们可以看出,文艺复兴时期个人和社会的新的思维模式产生了某种程度上的自由,但同时仍有势力对抗这些思维模式并通过对抗终结它们。格林布拉特指出,那里有"一种对意志的执行力量的强调",但同时也有"针对该意志的最顽固、最无情的攻击"（1980：1）。新的社会流动性允许人们的阶级和社会地位发生变动，伴之而来的是对此流动性的新束缚，并且人们也开始意识到：社会组织、神学组织和心理学组织的其他形式，与那些试图破坏这些形式的联合性力量是同时存在的。在《文艺复兴时期的自我塑造》书中格林布拉特审视了这些文学家——托马斯·莫尔、威廉·廷代尔、托马斯·怀特、埃德蒙·斯宾塞、克里斯托弗·马洛和威廉·莎士比亚，他们被拉入这一辩证过程之中，而且他们通过与这些进程的商讨而塑造起他们的身份。

　　作为动词的"塑造"或"塑形"（fashion）在早期现代社会中有着具体的意义。格林布拉特注意到它包含了字面上的、物质性的形塑的意义，但根据他的论述，该词还有更为丰富的含义。在文艺复兴时期，"塑形过程或可意味着获得某种不那么具体可感的形状：一个独特的个性，一种与世界交流的典型方式，一种观察和行动的一贯模式等"（Greenblatt 1980：2）。尽管许多关于塑形的话语都以中世纪对基督的模仿为典范，但早期现代社会对该术语的世俗性使用使自我塑造获得了新的意义：

　　　　它描述了父母和老师的实践；它与风度或举止相关，尤其是那些精英的风度和举止；它或许暗示了虚伪或欺诈，一种对纯粹的外部仪式的拘泥；它表现了一个人言行中的本质或是意图的表征。通过表述我们再回到文学，或者更确切地说，是我们理解了这一点：自我塑造恰恰从它不需在乎文学与社会生活的巨大差异这一事实中获取了它的利益。在文学人物的创造、某人身份的形塑、被某种 56

不可控外力所塑造的经历和试图塑造其他自我之间,自我形塑一直无一例外地跨越着边界。诚然,这些边界可能在批评中被严格地遵守,正如我们可能在文学风格和行为风格之间加以区分一样,但是我们这么做是要付出极大代价的,因为我们开始失去在一个既定文化里的意义的那种复杂的互动感。我们用墙隔开了文学象征和在其他领域发挥作用的象征结构,好像单单艺术是人类的创造,用克利福德·吉尔茨的话说,好像人类自己不是文化制品(artifacts)一样。

(1980:3)

55　辩证法

　　辩证思考拥有久远的哲学传统。作为苏格拉底论述的主要方法,辩证法基于的一种理性对话,它不断通过提问和回答以逐渐修正对话起点立场的方式来趋近真理。所以柏拉图对话中的一个任务就是要求对话者对一个特定的话题给予清晰的陈述,他随后会被质疑,借以引导他修正其观点并精妙地改进他的思考。辩证法由此经常与苏格拉底的理念联系在一起,他坚持一个话题应该被划分成最小的组成部分,这经常能够揭示一个最初的观点实际是几个更小的观点组合而成的。正如苏格拉底在《斐德罗篇》所示:

　　　　你必须知道你在写作或是讨论的那个主题的真相;你必须能够在定义中将其隔离出来,如此定义之后,你接下来必须懂得如何把它划分归类,直到你再也无法细分为止。

(Plato,1989:522)

尽管柏拉图对辩证法的定义普遍地模糊,但它看起来总是积极的,并被亚里士多德在其《论题篇》得以形式化。辩证法最简单的形式是对一个概念或观点 (一个论点)通过参照其对立面(一个对照论点)加以检验的推理。从这里,人们有可能进一步走向第三个位置(立场),这个位置会将双方都纳入考虑的范围(综合)。后来,在中世纪和早期现代社会,这在演变成后来修辞辩论法中的兼听两方面论辩(utramque partem,差不多是对双方都要看到的意思)的一部分。后来,德国哲学家 G.W.F.黑格尔(1770—1831)就此展示了一个更为复杂的形式。第一,应该有一个概念,它应是清晰且固定的。第二,在对该观点的分析过程中矛盾出现并随之被研究。第三,一个更高级的概念出现,它包含原有的概念及其矛盾,并考虑到了哲学认知上的进步。黑格尔也把这个看成世界历史的一个特征,在世界历史中,冲突的力量在综合中被化解;但如同在哲学中一样,在历史中,是它自己成了下一步辩证的第一步。因此,历史是动态发展的,就像哲学知识上的进步一样。对此最为著名的表述是他的 "主人——奴隶"(或者统治与奴役) 辩证(Hegel 1977: 111-19)。

　　正如我们几次所见，格林布拉特从他对所研究材料的描述上迅速转移到描述行为所带来的一种关键性后果上。塑形是种种文化实践的一部分；它的教育模式、它的行为规范、它的仪式和表征。文学和社会生活的结构一样都深植于文化之中。格林布拉特在对文化的更为宽泛的描述中指出，因为他正在研究的现象并没有拘泥于文学与产生文学的其他社会因素之间的严格界限，所以批评家也不能遵守它们之间的界限划分。并不是我们不能划定这些疆界，只是若选择这样做我们随之必须意识到它有可能带来的重要后果。但是在这一描述的最后——大部分是通过借用克利福德·吉尔茨的人类学作品——我们可以看到格林布拉特走向了一个更为宽广的认知，他超越了某个特定的方法论选择。人类自己就像文学作品一样是构建的产物。所以格林布拉特在《文艺复兴时期的自我塑造》一书中审视的这些自我（selves），既由他们与结构之间的互动所形成，同时这些自我也在形塑着这些结构。人类的身份是文化的一种产物，但却是人生产出了文化。

　　那么接下来，我们该如何按照这种有关生产的辩证意识来探讨文学呢？格林布拉特提出"文学在这个体系中以三种连锁交织的方式发挥作用：作为某特定作者具体行为的一种表现，文学本身作为符码的表达（行为即是受这种符码所形塑的），以及对这些符码的反思"（1980：4）。这是本书需注意到的最为重要的一点。对格林布拉特来说，他并没有把"作者已死"的观点太当回事儿（see Barthes 1989：49–55；and Burke 1992）。相反，他却认为作者的传记具有相当大的意义，但是我们需要进一步思考传记是如何发挥作用的。在第六章里面，我将会谈到格林布拉特是怎样处理莎士比亚的传记《俗世威尔》(*Will in the World*)的书写实践的,所以现在我们应该注意的是《文艺复兴时期的自我塑造》是基于这样一种思想之上的:他所说的作者的"具体"行为(concrete behavior)对于理解早期现代文化是至关重要的。我将通过一个十分关键的例子——托马斯·莫尔——给大家展现这个观点。

　　我们首先有必要弄清楚,格林布拉特将探讨自我塑造这一问题看作是批评家的主要任务。阐释必须要针对上面提到的有关文学功能定义的三个方面。格林布拉特通过强调其他选择有可能导致的消极后果,列举了不这样做的危险。如果批评家只看自传,那么一种关于作者操作于其中的一个更大的文化网络感将可能会丧失。只要塑造行为的社会符码能够被分析,那么文学作品就可能会遗失在意识形态上层建筑的讨论之中(这是某些形式的马克思主义与美学会遇到的一个问题,在这些理论中,那种想要揭示文本并没有言说的内容的冲动,反而会导致了文本已经谈及的内容的遗忘)。只要针对文本内的社会模式的评论被加以阐释,艺术又能被视为脱离与个体和机构的一系列具体关联,并且丧失了它与社会生活的联系,而这种联系却正是格林布拉特极力想保住的。格林布拉特提出解决的方法是寻求一种类似于吉尔茨人类学式的文学批评形式:

　　　　一种与这种实践密切关联的文学批评,必须要意识到它自己的地位——文学批评是一种阐释,它致力于将文学理解为构成某给定的文化的符号体系的一部分;不管实现它有多困难，但文学批评的正确目标就是一种文化诗学。

(1980:4-5)

文化诗学被看成是使得智力的、社会的、心理的和美学维度的自我塑造持续运转的一种方式。

在强调了文学与社会生活之间联系的必要性后，重要的一点是，不要把这点当成暗示社会生活是我们真正的兴趣所在。在这里，格林布拉特并不是说不需阐释或至少有些东西不需要像对文学那么多的阐释，而是说他强调，社会行为总是会被卷入意义与阐释之中。因为语言是一个集体性的构建："通过同时探索文学文本之世界中的社会存在和文学文本中的世界的社会存在，我们的阐释任务必须更加敏感地抓住这个事实的影响"（1980:5）。这种简洁的理论表述与我在前文（为何是格林布拉特？）引用过的孟筹斯关于新历史主义核心前提之一——"历史的文本性和文本的历史性"——的观点可谓步调一致。坚持历史的文本化包含了一种完全"重建"历史的不可能性。文本不能让你直接看透其所指的世界，它们是塑造那个世界的一部分（see the comments in 1980:6）。

格林布拉特也承认，尽管有可能将某个个体的行为和作品与特定文化里起作用的象征结构相关联，这样做仍然不能导致一个单独的、统一的关乎自我塑造的历史："在16世纪，并没有这种所谓的'自我的历史'，它只不过是一种产物，来自于我们将复杂纷乱和创造性的存在化简为安全、可控的秩序的需要"（1980:8）。如我们在第二章所看到的那样，格林布拉特

的研究不是要书写一部传统的历史或是什么宏大叙事，远非
去提供一种宏大叙事（也许还是忧心忡忡地）。相反，格林布拉
特指出，《文艺复兴时期的自我塑造》并不能真的解释文艺复
兴时期的自我塑造问题，而是概述了这个过程经常会面对的
条件和境况。他列出了研究中自我塑造的 10 个常见特征，这
些特征包括社会地位、对权力的屈从、自我与他者之间的关系
（这其中的他者被看作是具有威胁性的、陌生的、无秩序的）。
自我和他者与权威之间的复杂互动（这种复杂的互动对这几
个方面都提出质疑）。在列出的 10 项中，或许第九项是可以超
越该例子的特殊性并最具普遍应用性的："自我塑造总是在语
言之中发生的，尽管并不只是在语言中发生"（1980:9）。格林
布拉特对自我塑造的常见条件做出了以下总结：

> 我们或许说自我塑造发生在权威与陌生人相遇的那
> 个刹那，在这次相遇中所产生的东西既参与了权威又参
> 与了陌生人（它们都带有被攻击的标记）的塑造，因此，任
> 何由此获得的身份自身之中总是包含了它自己颠覆或丧
> 失的符号。
>
> （1980:9）

　　格林布拉特坚持认为，在自我塑造和形成这些自我的遭 59
遇之中都是不纯粹的，这种论述中辩证法的运用清晰可见。现
在我们该来看看这一观点如何应用到托马斯·莫尔的例子上。

扮演角色

如果我们来看看格林布拉特的例子，我们就能看出自我塑造这个基本理念是怎样在实践中实施的。在《文艺复兴时期的自我塑造》中，第一章同时也是最长的一章被用于写托马斯·莫尔。作为一个成功的作家、律师和最终以叛国罪被处决的政治家，莫尔是格林布拉特深入文化中心找到的一个关于这种矛盾冲突的显著例子。同样重要的是，莫尔是一个极具自我意识的人，他在出版的书中表达了他的两难处境、困惑和信仰，而他的书里也频繁地记述着怀疑和信念本身。莫尔也是一个极为精明的政治观察家，如《乌托邦》和其他作品所示，他提供了一个同时含有"圈内人"和持质疑态度的旁观者的视角。他的作品中不仅包含了对于世俗野心和政治权利游戏的讽刺，也有对自己身处政治舞台所扮演角色的自嘲。

格林布拉特对莫尔解读的关键在于其夸张的象征。他笔下的莫尔陷于自我塑造和自我消解的斗争中。莫尔能够在皇权的范围里大获成功，但同时他受欲望驱使渴望逃离他自己所建构的这一角色。莫尔的品位和爱好远不同于这个炫耀奢侈、恣意残暴的世界，在这个世界里国王通过巨量的财富和决定生杀大权来证明着自己的无上权力。格林布拉特首先思考的是为什么莫尔这样的人会被卷入政治，他问道：

为什么人们必须屈从于那些不能滋养或是维持他们生命的幻想呢？部分如莫尔的回答那样，是权力，它的典型标志就是能把一个人的虚构强加于这个世界之上：这种虚构越骇人听闻，它所表现出的权力就越令人印象深刻……关键在于不是有人被这种轻易被识破的伪装所迷惑，而是每个人都被迫要么去参与其中，要么默默地在旁观看。

(1980:13)

托马斯·莫尔和《乌托邦》

托马斯·莫尔(1478? —1535)是早期现代时期最令人着迷的人物之一。作为英国最重要的人文主义学者，他一系列颇有影响的著作涉及了包括神学和历史的广阔话题。但是他最为著名的作品还是《乌托邦》。莫尔被培养成为律师，也拥有过非凡的政治生涯，他在亨利八世时成为英国大法官，达到了人生的顶点。但当他发现自己不能宣誓承认亨利为英国教会的最高领袖时，他就想辞去这个职位。作为一个虔诚的天主教徒，他在追捕和惩罚异教徒上十分积极，莫尔不能接受自己与教宗权力的决裂。他最初被允许退休，而最后被投入狱中并在不利于他的伪证下被判以叛国罪。他于1535年被处决，在1935年被天主教会封为圣徒。

莫尔的《乌托邦》是迄今为止所有政治哲学书籍中最为重要的作品之一。它最初在巴黎出版，在1566年被翻译成为英文。受古希腊思想例如柏拉图《理想国》的启发，莫尔的《乌托邦》是关于共和国体制最好的阐述。但是这个题目包含了一个文字游戏(正如书中的许多姓名一样)使得任何想要明确其真正意义的尝试都徒劳无功。"理想国(utopia)"

这个词在希腊语中并不存在，前缀"u"取自于希腊语中的"ou"或是"eu"。如果是"eu-topia"那么它的意思就变成了"完美的地方"，但若是"ou-topia"意思则为"没有的地方"。这个问题——书中描绘的小岛或是完美的，或是不存在的，再或是这样完美的小岛是无法存在的——只是文本展现给读者许多相似问题中的第一个。类似的，文本中的名字能够引发博学之人的笑话，这些笑话削弱并瓦解了看起来一本正经的社会和政治内容。描绘小岛的人叫"希斯拉德(Hythloday)"，在希腊语中意为"荒唐专家"。小岛上的河流叫"阿尼德(Anyder)"，在希腊语中是"无水的"意思。一个国王叫"阿得摩斯(Ademos)"，意为"没有人"。著作中的大多数喜剧因素源于莫尔对其自身文化中价值观的颠倒错置。例如，金银珠宝和美衣华服只能由奴隶来穿戴。像任何一部讽刺作品一样，尽管它引发了幽默感，但虚拟元素与真实离得太近以致变得令人困扰。即使乌托邦真的存在，也几乎没有人想要住在那里，但是自本书出版伊始，它已经推动了关于理想王国该是怎样的许多思考。

61　　　　这种对政治的理解比我们经常被引导接受的那种政治要复杂得多。政治外部展示的目的其实不在于欺骗世人，而是说它没有任何有效的欺骗。相反，权力在于说服人们按照一定的规矩和原则行事的能力，即使是恰恰在某种程度上人们并不相信这些东西。莫尔的世界是这样的："在这个世界里，每个人都深深地致力于维护没人会相信的成规之中；不知怎么地，信念已不再是必需之物"（1980：14）。在这个像演戏般的热闹场景下，其实什么都没有，但这并不能阻止权力去发挥作用。尽管这一论述被令人信服地展示为莫尔自己对权力运作的观点，但我们却能够从中看出福柯的影响。福柯曾指出，权力并不是自上而下地压下来的，而是有赖于在给定文化之下某权力框架内所有扮演着某种角色的人的共谋（见本书英文版第20—22页）。

　　尽管意识到莫尔最终的失败在于他不甘心于他所处文化中的权力结构，但格林布拉特仍渴望强调莫尔在与该系统中的复杂事物协商时的成功。他所栖息的世界的荒谬被记录在他对戏剧性思想的热爱上。将这个世界视为剧院本身也就承认了它的虚构性，而同时他又能将怀疑搁置起一段时间，使其足以揭示那些小说强有力地引人注意的本质。不管莫尔感知到他与他所在的世界的批评距离如何，他仍然在其中扮演了某种角色："如果戏剧化的隐喻表达了他内心的异化感和他对伟大行为的观察，那么这也表现了他自己在社会中的参与方式"（1980：29）。莫尔的自我塑造因此结合了格林布拉特在他序言中定义的主要特征。这里有一种自我秩序感（存在于莫尔自己能够看到的自我与世界的距离），这里有典型的言说模式（在莫尔的角色扮演中），这里有被限制的欲望（莫尔想要逃离公共生活的愿望受限于对参与之必要性的认识），这里有故意的身份塑造的证据（莫尔对他扮演的角色和上演该角色之舞台的自我意识）。莫尔的文本也包含了格林布拉特指出的一种文学感，它们表达了莫尔的行为，它们显露了塑造并限制这些行为的社会符码，并对这些符码加以评论。

这一点我们可以从格林布拉特对《乌托邦》的解读中很清楚地看出来。他对文本辩证特征十分关注，他强调书中的界限：书的第一部与第二部之间、"真实"的莫尔与书中人物摩罗斯（Morus）——与他本人形成对应——之间、摩罗斯与希斯拉德之间、文本的真实元素与对现实的有意瓦解之间。这种对照或者界限在第一部的辩论中变得尤为突出。希斯拉德抱怨在国王的宫廷没有说实话的诚实人和不求私利的谋划者的立足之地。摩罗斯的回应是，学术上的哲学思想也许不能在每个情况下都适用，但摩罗斯还是坚持认为：

> 有另一种更适用于政治领域的哲学，它见机行事，根据手中的剧本将自己进行调整并且处事熟练恰当。这就是你需要用到的哲学……比起一个说话完全不合时宜并将这场戏变成悲喜剧的人，扮演一个沉默的角色难道不是更好吗？你曲解了此戏并因你自作主张添加不相干的台词而毁了它，即便这些比本来的剧本还要好。所以尽你所能先把手中的剧本看下，不要因你突然感觉另一个会更好的想法而毁了它。

(More 1989:35-6)

这里谁在说话，是摩罗斯还是莫尔？把这个看成莫尔对自己政治生涯的精确陈述是很吸引人的。即使当他发现他自己不能继续扮演他的政治角色之时，他选择了辞职和对公众沉默不语，而不是去公然对抗亨利八世。对悲喜剧（tragicomedy）的提及涵括了莫尔对妨碍国王游戏的危险感和他对这些游戏的内在荒谬感的觉察。在他对"不相干的言辞"的评论中,莫尔也承认可能或许还有其他更好的方式来从事政治生涯,但是他还是发出不要声张的劝告。

　　然而《乌托邦》的其他部分展现了另一种可供替代的选择。在这里我们必须意识到摩罗斯绝对不是莫尔本人,或者说最多仅是莫尔的一部分。格林布拉特指出,乌托邦的一大关键特征就是其不停地对人的个性和私有财产这样的观点进行无情的削弱。乌托邦人穿一样的衣服,住同样的房子,一起吃饭,一起工作,并且住在没有任何地方特征来区分的城市里。除了国王,没有任何一个市民有自己的名字。乌托邦也就代表了莫尔的一种自我消解,以其阴影笼罩着他的自我塑造;但是它以一种玩笑的方式来讲述的,因此也不能被当作完全严肃的自我批评(1980:54)。《乌托邦》中互相矛盾的观点表现得很不连贯,但同样也不能被分离。

　　对格林布拉特来说,文本的一个方面将这点表现得非常清 63
楚。在第二部描绘乌托邦的书中,莫尔不见了,但是"悖论的是,正是他的缺席体现了他的自我意识的深刻表达,因为……他的自我塑造依赖于他对所有被排除在外的、所有处于永恒黑暗之中的、所有只能被识别为缺席之物的观察和理解"(1980:58)。《乌托邦》中不同的角色是莫尔身份的不同方面——他是希斯拉德,一个想要在权力面前说实话的人;他也是摩罗斯,一个小心谨慎的政客——如此,格林布拉特观察到一个作为构成自我塑造的、具有威胁性的陌生的他者形象,这种形象就存在于莫尔身内,而非在他身外。

　　那么格林布拉特对莫尔的解读就依靠于一种自我的观

念，这种自我的观念关注在塑造身份过程中文化协商的必要性。莫尔不是被看成具有一个统一且给定的个人身份感，相反，他被看成是卷入了一个流动不居且复杂难懂的过程，这些过程包含着这种自我（selfhood）的生产与再生产。这里有一种巨大无比的冲突性，格林布拉特坚持，莫尔一方面在塑造自我意识，另一方面又被迫取消自我意识，这显示了在获得和保持某种身份上的持续不断的斗争。格林布拉特的辩证论证模式——陈列双方的意见，不仅考虑到文化影响个体的方式，并且考虑到个体在何种情况下塑造文化——反映了他所分析的辩证进程。文学并不能给我们提供接近一个单独的、固定的个体——"托马斯·莫尔"的通路，但它却展现出，莫尔的身份恰恰源自他的自我内部不相兼容的各个方面的失败的妥协。

当书完结时，格林布拉特指出这种矛盾感和失败的妥协是他在这里读到的所有人物的特征。正如格林布拉特所言：

> 任何时候当我全力关注看似自主进行的自我塑造时，我看到的不是自由选择的身份的忽然显现，而是文化的制造物。如果有自由选择的痕迹的话，那么这种选择也不会超过一些可能性，这些可能性的范围严格地受制于当时当权的社会和意识形态机制。

（1980:256）

64 身份是由文化构建的，所以格林布拉特不会接受一个将自我定义为内在天然的观点，即使如我所提到的，选择的自由对于存在主义的自我观而言是至关重要的，这种自我的自由选择观也被格林布拉特所抛弃，在他看来，社会力量和意识形态的种种力量最终总会压倒个体的欲望。格林布拉特承认，我们能够塑造我们自己的身份这种感觉或许只是个错觉。但无论如何，这种错觉也是我们所愿意相信的。

小结

本章仔细研究了格林布拉特第一本主要著作《文艺复兴时期的自我塑造》，它也经常被看成是新历史主义最早的范例。本章讨论的重点放到了身份的协商和他的著作标题中的关键词"自我塑造"上。为试图定义自我，格林布拉特审视了个体自由与表达之间的相互作用，并观察了当个体遭遇到社会结构时所带来的局限。这引发了书内第一章，也是最长的一章，主要关于托马斯·莫尔《乌托邦》的讨论。在这里，格林布拉特强调扮演角色和戏剧性对身份的形成具有的重要意义。把世界当成剧院的感觉让人们意识到在某种程度上他们的自我意识来自于角色的扮演，这也让个体和世界之间拉开了一种批评的距离。与世界的协商允许与自我不相容的其他特征和欲望的出现，身份归根结底是文化的构建，尽管赋予个体以塑造自我身份权力的虚构最终被揭示为一个错觉，但这也是人们会继续相信的一种错觉。

四、社会能量的流转

65　被倾听的愿望

《莎士比亚式的协商》(*Shakespearean Negotiation*)一书开头有一段十分著名的论述，也许可以称得上新历史主义文论中最有名的一段。它是关于开端的："我开始于想与死者对话的欲望"，格林布拉特接着指出：

> 即使人们并不曾公开表述过，但这种意愿在文学研究中其实十分普遍：文学教授就像是领薪水的、中产阶级的萨满巫师一样，他们这种职业化、组织化的意愿被层层包裹于体制的繁文缛节之下。即使我从不相信死者能听见我的话，即使我知道死者不能言语，我也坚信我可以与他们重建对话。即使我开始明白，就算再怎么努力也只能听见我自己的声音，我也不会放弃这个愿望。确实，我只能听见我自己的声音，但我自己的声音也就是死者的声音，因为他们都竭力在文字中留下自己的独特痕迹，从而

通过今人的言论发出他们自己的声音。即使是最琐碎沉闷的痕迹都包含了过去生活的点点滴滴，但有许多痕迹完全没有共鸣，也有一些痕迹仿佛充满了被今人聆听的愿望。当然，在小说或其他没有实体存在的地方中寻找逝者尚存的愿望，这似乎颇为矛盾。但是热爱文学的人更愿意在模拟——正式的、有意识地对生活的模拟中，寻找这些愿望，而不是在其他的文本痕迹中寻找。模拟能完全意 66 识到它所要表现的实际生活在文本中的缺失，因此可以有技巧地对此进行预期和弥补。一如既往地，我发现这种愿望最集中地存在于莎士比亚的文本中。

(1990：1)

正如在《文艺复兴时期的自我塑造》(*Renaissance Self-Fashioning*)中所表现的那样，作者、文本和批评者之间存在着一种以"声音"为基础的联系。从一种力图与逝者对话和倾听的意愿出发，格林布拉特意识到，只有通过生者的声音才能使死者的言语显现出来。这些死者的声音有一种"共鸣"，这也成为他提出的另一个关键概念（我们在第五章中将会有更加详细的讨论）。"对话"这一想法用一种引人注目的方式提出了与过去建立联系的问题，虽然这种对话是不可能的——既不可能真正抓住作者当时的存在，批评家的声音也不可能被作者所听见。我们称作"文学记录"(literature register)的这些文本痕迹正是作者的"意愿"，它在小说中以独特、怪异的方式表现出来。对于热爱文学的人来说，相对于其他文本痕迹，如历史资料或其他被公认是对历史的事实性描述，小说对于生活的表现更加"生动"和强烈,甚至比"真实的生活"更加"真实"。读者可以将自己代入文学作品中的某个角色,从而获得这种强烈的观感。

对于格林布拉特来说,这种力量不仅仅是个人产品,更是文化产品的一个方面。莎士比亚作品真正引起他的兴趣的是他作品所表现出的强度,以及人物对于生活的感受是如何与莎士比亚生活与写作时所处的社会联系在一起的。而那个社会并不具有小说中所表现的强度,因此对于读者来说,与那个社会的任何联系都最好先经过加强处理。格林布拉特称莎士比亚是"整体艺术家"(total artist),将那个早期现代社会称作一个"整体化社会"(totalizing society),因为他认为在那个社会中,人类、自然和宇宙(有时也被称为"伟大的存在之链")之间有一种一以贯之的联系,使得这个结构中,统治精英被自然地赋予了特权地位。然而当确定了这两项作为研究重点之后,格林布拉特很快又抛弃了它们。他表示,他关于自我塑造的研究使他不断修正"整体艺术家"这一观点,因为它代表一个统一的、完整的人格。正如我在上一章里所论述的,自我塑造的过程被矛盾冲突分割得支离破碎,最终也未能维护一种稳定的个人身份。同样,早期现代社会,尤其是它的权利结构,也未能放弃一种控制与完成的感觉,因而在任何可信的意义上都不是整体化了的。我们必须要意识到,任何对于权力——尤其是国家权力的整体化观点,这里面的张力是人们无法用意愿驱除的。实际上,存在整体化的意愿这一事实,恰恰反映出这种形式的社会尚未存在。

世界图景

为了更好地了解格林布拉特，将其观点与另一位批评早期现代社会的学者蒂尔亚德(E. M. W. Tillyard)进行对比会很有帮助。英国批评家蒂尔亚德以1943年对"伊丽莎白时期的世界图景"的著述而出名。他广泛阅读了伊丽莎白时期的官方文献与文学作品，例如莎士比亚戏剧，并提炼出他所认为的当时社会关于秩序、宗教、政治等领域的主流观念。在这一方面，蒂尔亚德可以称作是格林布拉特等后世历史学家的先驱者。但是蒂尔亚德在对这些文本的解读中认为，那个历史时期存在着一种绝对的秩序、和谐和正统观。这种观点与新历史主义和文化唯物主义的观点大相径庭，蒂尔亚德的文章也因此经常被两个学派的学者直接批评。反对观点集中在蒂尔亚德对历史文献的解读流于表面，例如，如果一系列公告要求人民对政权效忠，则服从就是当时社会的主流观点之一，从而推出这样的结论——大多数民众都是服从的。蒂尔亚德对于伊丽莎白时期的感觉是整体化的，因为他认为国家政策与民众行为是一致的。正如多利摩尔(Dollimore)所说，"从唯物主义的角度来说，其谬误在于错误地将历史与社会进程在'民众的集体意识'名下统一了起来"(Dollimore and Sinfield 1994：5；see also Grady 1994：Chpter 4)。后世的历史学家认为，如果服从的需求被重复强调，那恰恰是因为人们并不是那么俯首帖耳的。官方文献反而成为政策与民众行为不符的证据。针对同一文献，历史学家可以依据他对产生这一文献的宏观文化的理解进行积极或消极的解读，这也是新历史主义者喜欢独辟蹊径的另一方式。

正如格林布拉特所说,抛弃了"整体艺术家"和"整体化社会"的观念之后,直接返回文本本身似乎成为最理想的。因而形式主义的可能性始终存在。但是格林布拉特提出了另一种更加碎片式而非整体化的文学作品解读方式:将莎士比亚的经典文本与另一些处于"经典"边缘或边界的文本相对照。与《文艺复兴时期的自我塑造》中基于作者的解读方式相反,这种实践的一个效果就是传达一种感受,即文学与文化是集体生产的成果。正如我在前几章中所提及的,在格林布拉特这样的历史学家眼里,没有任何一个文本是仅仅通过个人的努力就能创造的;也没有任何文本可以完全脱离产生它的世界而独立存在。因此,《莎士比亚式的协商》中采用的解读方式是在刻意避免历史宏观叙事的尝试;而莎士比亚也既是又不是早期现代文化的代表。他的作品给现代读者思考早期现代文化提供了一个切入点,也变成这种阅读的一个备受青睐的地点,但这些批评性阅读的目标并不是说,"莎士比亚的"作品是某个伟大个体的产品,而是将其作为一系列文化协商的产物。对于格林布拉特来说,集体生产带有明显的政治意味:

> 在文学批评中,文艺复兴时期的艺术家具有与文艺复兴时期的国家元首一样的功能。我们完全了解,王子的权力是集体的产物,是千万个主体的欲望、愉悦和暴力象征的实体化,是依赖与恐惧之间复杂关系网的表现手段,是社会意愿的代理人而非创造者。然而,每当我们写到王子或诗人时,我们基本上都会接受这一虚构的设定,即权

力直接来源自王子,而社会则汲取了这一权力。

(1990：4)

这一集体性维度在戏剧文本中尤其适用,因为戏剧文本总是在集体生产和观众集体这一环境中生发活力的。作为社会实践的一部分,文本痕迹在生产和消费的结构中循环往复,而文本制造趣味和愉悦的能力来源于它在这一结构中的位置。　69

社会能量

格林布拉特所称的"社会能量"就是文本或其他人造物所呈现的、可以在听众或读者的思想上造成影响的能力。格林布拉特从修辞学术语"energia"中提取了这一概念,这种能量:

> 是在某一特定的言语、听觉和视觉痕迹中所展现出来的力量,它能够产生、塑造和组织集体性的肉体上或精神上的经验……它与可重复的愉悦和趣味形式紧密相连,具有引起不安、痛苦、恐惧、心跳、遗憾、发笑、紧张、放松、惊讶的能力。

(1990：6)

Energia 指的是那些能使意象在听者脑海里变得生动的修辞方法,在亚里士多德的《修辞学》中,它被形容能将事物变得"如同亲见"(Aristotle 1995：2252)。对于艺术作品来说,格林布拉特尤其感兴趣的是在那些作品(或作品中的那些时刻)中似乎仍然保留着使读者发笑、流泪、愤怒或焦虑的动人力量。这种力量超越了某一具体文化时刻的限制，使文本在其他地点和时间仍然起效。对于格林布拉特来说，这种力量并不来自于艺术家之手，而来自一系列的协商、交换和运动。那么这种力量是如何运作的呢？

格林布拉特提出，这里的核心问题是交换（exchange）。作家和商业剧院选取本已存在的客体、观点、修辞和叙述手法，将其转化为剧本和舞台表演。这种交换在早期现代社会具有多种形式，包括"挪用"（appropriation）（在这种形式中，公共领域，如语言内的客体被自由选用，而无须返还什么）、"购买"（purchase）（客体被购买，如戏服、物品、参考书籍，作家收到稿酬）、"象征性获取"（symbolic acquisition）（总体来说，就是对于社会实践和能量的表述，在这里，交换是对表述之物的赞扬或者贬损）。在每一项行为里，剧院的美学活动与其他社会活动间都建立起一种联系。这种联系是动态的，剧院不仅从广义的文化中借用或购买某种客体，还对这一客体或活动进行了重新定义。因而剧院的演出可能从表现某种社会活动中汲取能量，例如一位国王的登基仪式，但这一仪式可以被赋予额外的意义，如审视、讽刺或敬畏。剧院演出借此在客体、它表现的社会行为和观众反应间拉开一定的批评距离。日常生活的戏剧性意义，尤其是政治生活的戏剧性意义使得在《文艺复兴时期的自我塑造》中，托马斯·摩尔（Thomas More）对权力的运行机制始终保持着怀疑和好奇。社会活动的舞台表现也使它们在日常生活中的"表演"本身能在戏剧的维度中被观察与评判。

格林布拉特在解读戏剧实践时，提出了一系列原则以规范批评者的反应：

1. 不能将伟大艺术的能量单单归功于艺术家的天赋才能。

2. 没有无目的的创造。

3. 没有超越界限、永恒或不变的表述。

4. 没有自然就有的人工作品。

5. 没有无来源和无对象的表达，总有"从何而来"与"为何而去"。

6. 没有不包含社会能量的艺术。

7. 社会能量不可能自动产生。

(1990：12)

在此，美学生产的集体属性被再次强调，没有任何对象或个人是独立于动态的社会交换系统而存在的。艺术实践在这一系统里占据了一个特殊的位置，而规则是由戏剧公司和其他管理运作的权威机构共同制定的。剧院与文化系统中的其他部分不同，但它始终与其他部分保持着一种流动性的、可以进行再次协商的关系。

格林布拉特最终提出，由于剧院被认为是一个产生非实用性乐趣的场所，可能没有明显的使用价值，但戏剧实践与其他社会实践的边界是可渗透的。戏剧实践参与社会能量的交换，从属于一个"部分性的、碎片化的、互相冲突的、因素交织的、分裂的、重组的、对抗的"系统，"某些特定的社会实践被舞台放大了，而有些其他的社会实践则被削弱了、强化了或者移除了"（1990：19）。虽然格林布拉特对于早期现代文化的关注重点已经转移，他对文化的看法却始终如一：文化场域是一个充满冲突与竞争的空间。因此，一个以文化为对象的批评实践也必须具有相似的结构，并且这让我们不由得感到格林布拉特对剧院实践的描述也同样适用于格氏的方法本身。我将在下面证明，格林布拉特对早期现代文本的解读也是非整体的、碎片式的，并依赖于不同因素的重组，即放大戏剧中的某些部分，而削弱或清除其他部分。

颠覆与遏制

《莎士比亚式的协商》里最著名和富有争议的一章名为"看不见的子弹"，是格林布拉特解读莎士比亚的戏剧《亨利四世》及《亨利五世》的一篇文章。在收入《莎士比亚式的协商》之前，这篇文章已经在三种不同的出版物中发表，其对"颠覆与遏制"的论述引发了激烈的讨论。

这篇文章首先讨论了托马斯·哈瑞特（Thomas Harriot）的著作《一份在弗吉尼亚新发现地区的简明而真实的报告》（1588）。格林布拉特着重分析了哈瑞特对于向阿尔冈琴语系印第安人（Algonquian Indians）传播基督教的记录，其中主要讨论了哈瑞特所记录的那些印第安人被迫信奉基督教的情况。悖论的是，哈瑞特的文本引起了人们对有组织宗教的批判——那些权威人物总是选择那些弱小而又容易轻信的印第安人来传教；哈瑞特此处的目的是要表明，殖民使命是如何在美国土著中实施官方支持的招纳信众的工作的。这些传教布道的工作使印第安人转而信仰基督教的神，进而服从代表基

督教的人及其建制机构。哈瑞特尤其提到殖民者是如何利用
人类的精密仪器和发明,如望远镜、钟表、枪支和书籍等东西
去宣扬基督教的先进性,贬斥看起来十分落后原始(因为技术
落后)的土著人的信仰的。也就是说,人类发明创造的力量被 ⁷²
用于证明上帝的力量——至少是某一个特定上帝的力量。很
明显,基督教在欧洲被批判为是人类的创造,那么基督徒使用
人类的发明去表现他们宗教的强大则只会使这种批评进一步
升级。这种行为甚至会带来宗教的颠覆,或者至少会加深人们
对宗教的怀疑。然而,在哈瑞特的叙述中,殖民者利用这种颠
覆性的因素反过来加强了宗教本身。这种权力对于颠覆性因
素的遏制恰恰使得在颠覆因素出现时, 权力反而被加强了
(1990:30)。至少在哈瑞特的文本里,传教活动被格林布拉特
解读为广义政治力量运作的一种类比或象征。在任何意义上,
权力和颠覆都不是对立的, 而是错综复杂地交织和互相依赖
的。在格林布拉特对于托马斯·摩尔的解读中,也有着对这种
论述的呼应。权力的公开展示制造出了一种没有人相信的幻
象,但这并不表示人们没有参与到这些虚构的制造中去,而怀
疑也并不妨碍人们去服从权力。

　　有趣的是,格林布拉特在定义"颠覆性"的时候提出,现
代读者所认为在早期现代性社会里出现的颠覆性观念,在现
代文化中并不具有颠覆性。也就是说,我们现在已经认为某
些观念是真实可信的,但在它们出现的早期现代社会,它们
常常被看作是一个威胁。格林布拉特的论断与雷蒙德·威廉
姆斯(Raymond Williams)的观点接近,威廉姆斯认为,一种文
化可以被分为主导因素、残留性因素、萌发性因素三种因素

（see Williams 1989：Chapter 8）。在任何特定时刻，都会有新萌发的观点和实践出现，并将逐渐成为文化中的主导因素；同时，也有已经逐渐淡出主流，但仍然存在于文化中的因素（即残留性因素）。举一个关于新观念出现的例子。认为地球并非太阳系的中心而太阳才是其中心这一观点在现代文化中已经被广泛接受，但是它在 16 和 17 世纪被罗马天主教廷强烈抵制，并导致天文学家和科学家伽利略（1564—1642）在 1616年接受宗教审判。在文艺复兴时期，有许多试图控制、否认和73 摧毁颠覆性的力量、观点和冲动的措施和举动，但是这些当时新兴的观点和力量对现在的我们并不构成任何威胁。同样，现代读者眼里认为是早期现代社会中"正统"的事物对当时的人们来说也许十分陌生，但并不具有颠覆性；这些观点在现在也不构成威胁。也就是说，正如文艺复兴时期文化抑制了其自身的颠覆性因素一样，这些新思想也同样受到了"遏制"。基于这一观念，格林布拉特模仿卡夫卡为这篇文章的第一段作了这样的结尾："那里是有颠覆的，而且是无穷无尽的颠覆，只不过它不是为我们准备的"（1990：39）。

莎士比亚和颠覆

当转而讨论莎士比亚时，格林布拉特的论证结构显得更为明晰。首先，他提出"莎士比亚的戏剧重点地、重复地与颠覆和无序的生产和遏制紧密相连。……在剧中首要的考虑就是巩固国家权力"（1990：40）。不仅如此，莎士比亚的戏剧还表现了社会能量是如何在他所处的文化中的主导性因素和边缘性因素之间不住地流通的。格林布拉特认为，莎士比亚并没有如上文所定义的那样挪用这些因素，而是自由地从文化中借用已经存在的力量，从而引起观众的兴趣、愉悦、痛苦、不安，以及其他各种反应。因此，并不是简单地将这些因素作为原材料，而是使用它们以加强观众收到的戏剧效果。

格林布拉特集中解读了《亨利四世》上半部中的人物哈尔王子。哈尔王子逐渐累积力量，预示着他将成为《亨利五世》中理想的英国国王。此时，不仅他的人物形象得以巩固，这一人物所具有的颠覆性力量和对颠覆力量的遏制之间的互动也得以加强。哈尔在他父亲和朋友的不同期望之间左右为难，这预示着他至少将不能满足其中一方的期望。哈尔在《亨利四世》（下）和《亨利五世》中不断向着"救赎"靠拢，准备推翻他父亲的统治，成为未来的国王，哈尔对小酒馆活动的参与并不是被看作是他颠覆父亲的权威或者是自己未来的王位角色，而更多的是他作为一个国君"学徒工"的一个方面，是为他未来的统治做好准备。哈尔的角色扮演包括了很多身份，甚至"他自己"，被解读为一种戏剧上的即兴创作（improvisation），这与《文艺复兴时期的自我塑造》中对摩尔的解读也相去不远（see 1990：52，在该书中，哈尔的"自我塑造"被加以明确地定义）。作为即兴创作的一部分，哈尔与福斯塔夫和其他"底层"人物间的互动就具有了目的性，他表面上的慵懒态度和优柔寡断就变成了一种对即兴发挥能力的训练，这种能力对于他将来要变成的角色是十分有必要的。

在《亨利四世》（下）中，华列克将哈尔的计划向其父转达，但言辞却并不让人宽心：

王子和那些人在一起，不过是要观察他们的性格行为，

正像研究一种外国话一样，为了精通博谙起见，

即使最秽亵的字眼也要寻求出它的意义。可是一朝通晓之后，

就会对它深恶痛绝，不再需用它。

这点陛下当然明白，正像一些粗俗的名词那样，

王子到了适当的时候，一定会摒弃手下的那些人，

他们的记忆将要成为一种活的标准和量尺，

凭着它他可以评断世人的优劣，

把以往的过失作为未来的借镜。

(4.4 67—68)

　　王子的确抛弃了他的追随者们。在第二幕的结尾，对福斯塔夫的背叛抵消了王子对皇族命运的"背叛"——就像其过去放荡不羁的生活轨迹似乎显示的那样。但是这一过于仓促的结尾却显示，这种背叛是被早已设定并计算好的，福斯塔夫所代表的颠覆性因素似乎从一开始就被包含在内。

　　到了《亨利五世》，新国王那富有魅力的权威与从背叛而产生的欺骗和戏剧性展示始终表现出一种明显的冲突。格林布拉特评论说，权力的真正标志就是在剧中"可以背叛朋友却不留下（品质上的）污点"（1990:58）。我们在观看亨利国王宣布处决巴尔多夫，或是杀戮法国囚犯时感到的不适与阿让库尔战役辉煌的胜利和法国公主的哀恸交织在一起，而正是这种对国王的模糊化描写才引发了观众的兴趣。剧中没有对英国王权进行简单的赞美，这不但没有减弱（戏剧效果），反而提

升了全剧的趣味性与娱乐性。在伊丽莎白时期的文化中,观众必须在想象中认同皇权,不仅是在舞台上,在政治生活中也是如此;不仅要接受王权的合法性,还要接受它引发的疑义。这几部戏剧正是因为具有了激发认同感的力量,才包含了它本身的颠覆性思想。

正是考虑到政治上的共谋与遏制,批评家们才转向了新历史主义维度下的问题讨论。整体地解读这一关于颠覆和遏制的论述,将其作为格林布拉特作品中政治性的象征,这种观点并没有削弱或消除任何对权力的抵抗(请见 Jonathan Gil Harris 对于这些观点的考察: Herman 2004: Chapter 6)。有些批评家不仅反对"看不见的子弹"一文中的论述,还反对《文艺复兴时期的自我塑造》中结尾的观点,即"人类主体本身开始时似乎是非常不自由的,他们成为某个特定社会里与权力相关的意识形态产品"(1980:256)。格林布拉特对这些批评做了回应,并且承认下面这种观点是有道理的:如果每一个抵制的地点都最终由权力指派,那么这就成了一种过于阴暗、毫无希望的评估了。他对此回应道,他从未说所有抵抗的例子都被遏制了:"有一些是,有一些不是"(1992:165)。这个回应对于那些批评来说未免过于简略,而且它也没有真正解释他没有论及那些成功抵抗的原因。

莎士比亚与驱魔师

格林布拉特在《莎士比亚式的协商》中题为"莎士比亚与驱魔师"的一章中谈到了莎士比亚极为著名和广受讨论的悲剧《李尔王》。首先,他出人意料地谈到了驱魔,将《李尔王》与萨缪尔·哈斯奈特(Samuel Harsnett)1603年所作《对天主教令人发指的欺诈行为的揭露》联系在了一起。哈斯奈特的这篇文章长期被认为是这部莎士比亚戏剧的资料来源之一。格林布拉特提出,"这两个文本之间的关系可以让我们异常清楚和准确地窥见机制性商讨和社会能量交换的场景"(1990:94)。僵化的源头研究传统只是简单地告诉读者莎士比亚从其他材料里"借用"了什么,而格林布拉特反其道而行之,对于两篇文本间更复杂的互动及其程度更感兴趣,他追问哈斯奈特的文本从戏剧里借鉴了什么。这种互动和交换能让我们寻踪追迹找到一种通过这种交换而产生出来的"更大的文化文本"(1990:95)吗?

　　这两篇文本的中心都是关于文化价值的协商,尤其是关于神圣性在早期现代文化中的地位。由于早期现代君主政体一直宣称自己具有一定程度的神圣性,君主是"上帝的副手",从而使神圣性的范畴跨越了宗教和世俗的边界。有时候,"国王的神圣权利"这一说法表明对宗教的服从与对国家的服从合二为一。在英国,国王同时也是教廷的最高首脑,更加强和落实了这种结合。英国的宗教改革使得宗教和世俗权力之间的纽带更加突出,因此,重新思考神圣性意味着重新思考个人、国家和上帝之间的关系。驱魔仪式受到关注的原因首先是它作为一项公众仪式的性质,在这一时期,驱魔仪式常常在大批公众面前举行,也就不可避免地进入了戏剧的维度。有人怀疑驱魔仪式其实只不过是一种表演,这种怀疑始终存在,哈斯奈特在他的文章里也质疑了驱魔仪式宣称其治愈鬼魂附体或驱走了邪灵的合法性,尤其是对于那些天主教徒来说(所以他的题目也提到了天主教)。对于哈斯奈特来说,驱魔是一种欺骗的形式，是一种骗术。

哈斯奈特反对的根源并不在于仪式本身的有效性，而是它对观众产生的影响。格林布拉特认为，驱魔仪式的力量是一种离奇的体验（这在英文版第35—36页已经讨论过）。邪灵的唤醒与附身很陌生，被附身者常常是自己的邻居，而仪式也是在熟悉的环境中进行的（1990:103）。格林布拉特在引用的观众证词里已经提到了这种陌生的熟悉感，但让我们想起了戏剧表演的不自然性。哈斯奈特对驱魔的描述强调了它是一种欺骗，是技巧带来的幻象，是舞台控制、台词的背诵和观众的信仰（或对不信的搁置）造成的。哈斯奈特的文本试图打破表演的魔咒，揭露宗教仪式表演背后的烟雾和镜子。格林布拉特评论道：

> 瞥见表演背后那位进行精心设计的剧作家，也就是 77
> 将这种可怕的超自然事件转化为人为的策略。人们可以
> 看到具体的物质材料或是象征性的利益是如何为某一策
> 略服务的，当然更重要还有它是如何将这种策略巧妙地
> 隐藏起来的。
>
> （1990:107）

格林布拉特对哈瑞特关于基督教徒与非基督教徒在殖民地的文本进行论述时，围绕神圣与世俗的互动，即人类的发明被用作基督教上帝神力的证明，在本章他反向考虑了这一过程：超自然事物被剔除了力量，落入人类活动范畴。在两种过程中，最危险的都是其对观众心理的影响。在哈瑞特的文本中，殖

民者故意引发恐惧,以控制他们所遇到的北美土著人;在哈斯奈特的文本中,神职人员故意减弱恐惧,以将英国民众从宗教仪式的力量中解脱出来。在两个例子中,力量都不是以强者对弱者的物质性控制或者身体控制所体现出来的,而是通过对半戏剧化表演的方式作用在观看者的精神上的。表演的过程被注入了力量,但也有揭露某一现象不过是一场表演的力量。正如格林布拉特所说,"表演杀死了信仰,或者是说对戏剧性的承认扼杀了超自然的可信度"(1990:109)。

神圣与世俗之间的协商、剧院所处的物质世界和宗教所属的精神世界之间的协商在早期现代社会都可以具体表现出来。正如格林布拉特所说,宗教改革之后,天主教仪式的长袍和所用物品都可以进行买卖,在戏剧表演中也开始被演员使用。当一件神圣的物品,如主教袍,被如此使用时代表了什么呢?商业剧院在类似物品上的投资花费表明,在衣服用作戏服的物质价值之上,还有一层价值就是长袍从教堂转移到舞台的象征价值。这种新用途也带来了新问题,观众可以问,一个在教堂里穿着长袍的人和一个在戏剧里穿着长袍的人到底有什么区别呢?这就是格林布拉特在描述社会能量的流转时所提到的文化客体被戏剧"挪用"。哈斯奈特将驱魔与戏剧联系起来的尝试也是一种消除其力量和意义的举动。

格林布拉特认为,莎士比亚在《李尔王》中对哈斯奈特文本的使用十分不寻常,恰恰是因为他划出了揭露驱魔本质和戏剧力量之间的关联。如他所说,早期现代剧作家习惯于在非小说文本中追寻真实感,如军事或法律实践手册。剧作家希望通过使用真实世界中的用语,给他的剧本添加现实色彩,因此他的士兵听上去像真的士兵，律师听上去像真的律师。但当莎士比亚挪用哈斯奈特的文本时，哈斯奈特在源文本里表现的正是欺骗性和不真实的事物。《李尔王》中使用的名字如奥比迪克特（Obidicut）、霍比狄登思（Hobbididence）、马忽（Mahu）、摩多（Modo）和弗里波提及波特（Flibbertigibbet）等（4.1），以及埃德加装扮成疯子"可怜的汤姆"等都因其难以置信之特征反而获得了某种力量。邪恶听起来十分荒谬，被邪恶附身者的行为也更不可信。埃德加在剧中采用的策略应该对其他角色有效，但是观众却毫不怀疑这些行为不过只是幻象而已："我们喜欢被厚颜无耻地欺骗，但是我们绝不会将对日常生活的信任感给予戏剧"（1990：119）。戏剧邀请观众参与到编织幻象中去，而不是相信幻象。正如哈斯奈特对驱魔的批评，《李尔王》中的仪式和信仰都被架空，剧中人物呼唤神明帮助却毫无回应，他们所受的苦难并非天灾，而是人祸。

在此，格林布拉特想讨论的就是哈斯奈特的文本和莎士比亚的剧本在效果上的相似之处。二者都把驱魔、附身和邪灵看作是幻象，认为回应这些现象的仪式不过是戏剧表演。但格林布拉特早期的一些评论提出，将"同样"的材料从一个领域转移到另一个领域，如将主教长袍从教堂转移到舞台，使得材料本身也发生了转变。哈斯奈特的论述放在舞台上时，产生了"异化"的效果（1990：120）。这个问题一部分来源于这一幻象被令人同情的角色如埃德加使用；另一部分说明，即使我们承认邪灵并不存在、人们所受的苦难来源于人类活动本身，也不会带来多大宽慰。《李尔王》毕竟是莎士比亚最伟大的悲剧作品之一，李尔、葛罗斯特伯爵和其他人所受的灾难与痛苦并不因为

不是超自然力量造成的而会减少半分。李尔的苦难来自于他在
全剧开始时分割家庭和国土所犯的错误,这并不会减轻他的痛
苦。邪灵在舞台上不可能出现,但慈悲的超自然力量也没有出
现。驱魔仪式表现的是希望挽回被邪灵附身者的愿望,莎士比
亚的戏剧也创造了救赎李尔苦难的渴望。尤其是李尔绝望地试
图唤醒考狄利娅时,观众也希望她能够复活。但是救赎并没有
实现,这等同于哈斯奈特所希望的宗教权威地位的消除,即将
真正基督教救赎与驱魔仪式的虚假幻觉分开。剧场试图去重新
上演哈斯奈特显然是"去神秘化"(demystified)的东西。正如格
林布拉特所评论:"被掏空的仪式,流失了原初意义的仪式,也
比完全没有仪式要好得多"(1990:127)。《文艺复兴时期的自我
塑造》与之相呼应,格林布拉特总结道:"虽然我们认识到人类
的自主性是虚构的,我们却仍然愿意去相信这个虚构之物。"

最后,格林布拉特提出,莎士比亚只为一个机构写作——
剧场。他在舞台上表现明显具有欺骗性的驱魔仪式,正是由于
他处于一个基于欺骗性表现的机构之中。剧院倒空了出现在舞
台上的所有事物,这恰恰是因为它并没有让任何人相信它的那
些表象都是事实。就此而论,它要求观众只相信剧场。在格林布
拉特眼里,这使得剧场在它所表现的一切机构中脱颖而出,不
断地与新的机构协商并建立起新的联系,同时又消除这些机构
的力量。这并不会造成它脱离自己深植于文化中特定关系中的
位置,而是在不断变化的语境中不断创造与重新创造关系。

格林布拉特试图解释的强度或者能量,就是莎士比亚的
戏剧吸引那些与他不处于同一文化语境的观众的能力,它存
在于"对宏大的欺骗性的渴望"中(1990:128)。也就是说,我们

喜欢被欺骗,我们喜欢那些欺骗性的幻象,因为那里有我们愿意相信的一些承诺。即使我们知道我们永远不能获得戏剧表现给我们的救赎,即使它告诉我们那些救赎都是骗局和戏剧技巧,我们对于救赎的渴望却也是足够真实的。通过有意识的欺骗,戏剧反而揭示了这种愿望的真实性。

异化

　　异化(alienation)这一概念被广泛使用,尤其是在马克思主义批评学派中。这一概念出自马克思的著作,而马克思正是基于对德国哲学家黑格尔(1770—1831)关于"苦恼意识"(unhappy consciousness)的论述而提出这一概念的。大多数"异化"与自我被分裂,或与外界某些方面疏远的感觉相关。黑格尔认为,意识需要统一,个人在外界的行动需要同个人的本质或身份认同相一致。这只有在社会空间本身是理性而没有矛盾之时才有可能实现。个人在群体中展现的东西(appearance),个人如何看待自身(essence)和个人做什么(action)之间需要具有一致性。当这种一致性被破坏,尤其是当社会需要迫使个人进行与其自我身份认同相矛盾的行为时,苦恼意识就会出现。格林布拉特在这一语境中使用"异化"一词,也借用了异化一词的法律意义,即所有权的丧失。

　　格林布拉特还将他对《李尔王》的讨论与德国剧作家、诗人和导演布莱希特(1898—1956)的"间离效果"("alienation-effect" or Verfremdungseffekt)

联系起来。布莱希特提出，戏剧不应该要求观众搁置其不信任或者向舞台人物表同情。同样，一个演员也不应该将自己代入所表演的人物。其目的在于鼓励观众采取批判和疏离的立场观察他们所看到的，从而从表演中学到一些东西，而非仅仅与剧中角色感同身受。观众应该参与表演，但永远不能忘记他们所看的只是一场表演，台上只是演员。演员不仅要说自己的台词，还要确保观众"没有进入角色"。布莱希特的剧作强调它作为戏剧的地位，引发人们对其人为性的关注，以及对于戏剧传统本身的人为性的关注。

小结

　　格林布拉特的第二本著作《莎士比亚式的协商》提出了文学作品，尤其是莎士比亚戏剧的强度问题。通过探讨这种对观众的影响力的来源，格林布拉特提出了"社会能量"这一概念，分析了舞台与非戏剧世界之间的种种商讨。格林布拉特对于莎士比亚《亨利四世》和《亨利五世》的解读引入了他对颠覆和遏制的论述。他认为激发颠覆性的能量是为了将它们遏制于官方和其他机构中。之后，格林布拉特将殖民地文本与莎士比亚戏剧联系起来，论证了宗教被用于殖民地事业的作用。他对《李尔王》的解读扩展了他基于驱魔仪式对信仰和非信仰的分析，认为虽然戏剧揭示了自己作为欺骗性幻象的本质，但也展现出其他机构对救赎的承诺同样也是虚假的。

五、共鸣与惊奇 [83]

出人意料的美学维度

当盖勒赫（Gallagher）与格林布拉特将其扩展艺术界限的方法归于广义的文化概念之下，他们承认这会削弱关于美学的许多主要假设，尤其是强调艺术家的原创性和天赋的假设。但这不等于抛弃了美学反应的观念；相反，对于一般文化批评家不感兴趣的对象的美学反应则出现了"惊奇"（wonder）：

在对广义文化领域的分析中，经典艺术作品不仅会同不太重要的作品联系起来，还可以与一些在任何标准下都属于非文学的文本相联系。这种关联显示了不与美学紧密相关的对象中超乎预料的美学维度，因而能产生几乎超现实的惊奇。

(Gallagher and Greenblatt 2000：10)

这种关联的结果就是文学文本"失去了与惊奇体验相关

的特权"(2000:12)。惊奇体验并没有被新历史主义消除,而是被"民主化"了,这就是说,它可以在更广范围的对象中被人们找到,而不仅仅局限在一个特定的、特殊的个人的作品中。那么究竟什么是"惊奇"呢?

84 我在第二章中提出,格林布拉特著作的一个中心议题正是美学的问题。对于美学在新历史主义中如何运作的思考方法,我认为可以借鉴《新历史主义实践》一书中对浪漫主义哲学家约翰·哥特弗雷德·赫尔德(Johann Gottfried von Herder,1744—1803)的引用。在本章后面,我也将谈到赫尔德的思想对于格林布拉特的具体借鉴和启发部分。这会加深我们对新历史主义中美学思想的理解,也提供给我们讨论"共鸣"与"惊奇"这两个关联概念的语境。

  "共鸣"(resonance)与"惊奇"这两个术语不仅在《学习诅咒》(*Learning to Curse*)一书中的同名文章中十分重要,也在格林布拉特的著作《不可思议的占有:新世界的惊奇》(*Marvelous Possession: The Wonder of the New World*, 1991)中占据着中心地位。在《学习诅咒》的"共鸣与惊奇"一文里,格林布拉特引用了中世纪思想家大阿尔伯特(Albert the Great,也称阿尔伯图斯·麦格努斯,1193?—1280)的观点,大阿尔伯特对于惊奇做出了有力的定义(格林布拉特在2001:107–108和《不可思议的占有》中也有几处引用):

  惊奇是心脏由于惊讶而引发的收缩和悬置感,它来源于事物令人吃惊、宏大和异常的表现。因此,惊奇类似于恐惧在心里造成的感受。惊奇的效果,及其造成的心脏收缩都源于已被感受到，却没有满足的欲望，并试图了解事物令人吃惊或异常的原因。这就是人类在技巧尚未成熟之时开始思考哲学的开端。……现在，人类已经被迷惑，惊奇也不再引发探索。惊奇是人类寻找方法、追根究底、探索本源的行动，是哲学的滥觞。

(Quoted in Greenblatt 1992：181)

格林布拉特认为，惊讶感和欲望也是他批评活动的中心问题。苏格拉底常被认为是西方哲学的奠基人，他也认为哲学始于惊奇（cited in in Greenblatt 1991 1991：19）。然而，哲学由于对问题来源有确实的知识解释，就可能试图取代惊讶感，即从未知转向已知："新历史主义的作用就是不断更新共鸣中心位置那些令人惊讶的东西"（1992：181）。新历史主义不是对惊奇 85 进行解释说明，而是对读者重复与加强这种效果。

然而这里也应该强调惊奇定义的双重性。首先，惊奇是在身体上产生的物理效果，是心跳节奏被打乱，是类似于恐惧的一种感受。这成了一种精神上的过程：一个受到物理影响的人开始想知道更多。但是在这种情况下，惊奇的体验是先于其原因的理解而发生的，也就是说，惊奇是自然而然产生的，它并不来自于智力的过程，反而是在运动过程中进行的智力化。在这一方面，惊奇与其他的情感反应如愉悦、发笑、不安、欢乐、不适甚至无聊十分类似。触发这些反应的途径多种多样，它们经常与惊讶相伴而生。当将惊奇看作一种美学反应时，我们需要记住，"美学"（aesthetic）一词的希腊词根"aithesis"首先是与感觉、与外界对感官的影响相联系的。因此，美学一词仍然保留着以下意义：外界与其对象的相互联系、对于这种联系的反应，尤其是它使我们感觉了到什么。对于这些反应以及对造成此类状况之原因的理解，在某种程度上一定是延迟而滞后的，因为这种思考必须基于已经发生的经验。这在我们的知识上造成了一个鸿沟，使我们感觉我们遇到了一些无法被预测的事情。正如格林布拉特在《不可思议的占有》一书中所说："惊奇的体验不断提醒着我们，我们对世界的掌握是不完全的"（1991：24）。

当然，惊奇是一种艺术效果、文学效果以及戏剧表现的效果。格林布拉特作为一个始终将文化定义为超越传统的艺术领域界限的批评家，他在自己的书里特别提到，愉悦和其他情感反应的因素可以由文学引发，也能被其他形式的文化产品引发。在《共鸣与惊奇》一文里，他的讨论大部分集中在博物馆展品的作用上。博物馆的展览一般会依据传统的形式，以便引发观众的惊奇之感。这些伟大的艺术作品的展出方式是将其塑造成一个崇拜和渴望的对象，以促使观众仔细观察和认真思考。但是这种方式明确表示，这一对象不能被占有，是独一无二、不可触碰的。艺术作品恰恰证明它的本质及其创造者的至高无上："作品具有引发惊奇感的能力，这种能力在主流的西方美学意识形态中，是与艺术家的创造性天赋相结合的"（1992：178）。这种能力被作品本身所有，因而艺术作品显得不被任何人所有，甚至展出它的博物馆也不拥有它。

对于格林布拉特来说，对艺术作品的崇拜和艺术作品作为孤立的、引发惊奇的事物是不符合他对于文化的观念的。虽然他也认为惊奇是艺术作品的特质，但他希望将这种感受延伸到艺术边界之外。在这种意义上,美学维度的确是"意料之外"的,因为观众对艺术作品产生此类效果有心理预期,而对惯常所说的非艺术作品并没有期待。如果艺术是文化生产的一种特殊形式,并在文化中占据一个特殊位置,它就一定会与其他文化生产形式及这些生产形式所占据的位置相关联。如果不想放弃在惊奇的传统感官范畴里讨论所产生的便利,格林布拉特就需要引入第二个术语——共鸣,来描述他广义的美学反应。

共鸣

共鸣是一个多次出现在格林布拉特的著作中的术语,但一直到后面才进行详细的解释(例如在第四章中,我所引用的《莎士比亚式的协商》一书的第一段,格林布拉特认为共鸣与"逝去的生活"相联系)。在《共鸣与惊奇》一文中,格林布拉特利用了博物馆来说明这两个关键术语的联系。惊奇代表着与创造它、环绕它的外界相孤立的展品;而共鸣则显示着展品与外界的联系:

> 我认为,共鸣指的是展品所发出的超越正规边界、连接更广阔世界的力量,并在观众心中激发出复杂而动态的文化力量。艺术作品正是由这种文化力量所产生,在观众眼里,艺术作品也是这种文化力量的象征或比喻。
>
> (1992:170)

共鸣始终在寻求对一个客体在外界留下的痕迹进行定

位,在这一点上,新历史主义与共鸣有着明显的契合之处。

为了展现基于"惊奇"的博物馆与基于"共鸣"的博物馆之间的区别,格林布拉特描述了在布拉格的国立犹太博物馆(State Jewish Museum in Prague)中,不仅陈列着一般的艺术博物馆中会有的伟大艺术作品,还陈列着许多日常用品,包括被整体毁坏或外表损伤的物品。这些物品上的使用痕迹表明了它们所参与过的种种历史进程,从重要的战争时刻到日常的意外损毁,还有各种修复或改造的印迹。正如格林布拉特所说,"有伤痕的人工制品令人印象深刻,不仅因为它们作为历史暴力之目击者的特质,还因为人类使用和接触的痕迹使它们表现得不拒绝触碰,因为那正是它们被创造时的状态"(1992:172)。器物上的伤痕需要人们解释和描述原因,因而使得观众思考造成这些伤痕的过程背后居于操控地位的各种关系。但是当谈到展品被创造时所包含的物质方面时,格林布拉特回想其作为一种创造形式的诗学(见本书英文版第29页),并认为可以通过文化诗学来描述和解读这些展品。

布拉格的国立犹太博物馆激发的并非是对于展品的崇拜,而是关于那些曾拥有和使用过它们的人的记忆。该博物馆包含了几座不再用于宗教目的的犹太礼拜堂,更加剧了这种物是人非的感觉。博物馆中的许多展品本身并不引人注目,但它们与20世纪40年代纳粹占领捷克斯洛伐克期间那个经历了多次布拉格反犹暴力活动但现今已经沉默的群体产生了共鸣。格林布拉特也注意到了这样一个讽刺,即许多展品正是由于被纳粹没收储备才保存下来的。的确,该博物馆的收藏正是因为纳粹当局希望了解犹太文化,即"犹太问题",才收集起来的;被征收展品的人大部分都被送去了集中营。博物馆现在所营造的"回忆情结"被掺杂了许多其他的东西:它证明了犹太文化所遭受的暴力和踩躏;也标志着这些展品曾经的拥有者的缺席,并向这些人的回忆致敬。

对于格林布拉特来说,共鸣并不必须与暴力和缺席相联系。他认为,共鸣可以由任何客体引发,只要该客体里面蕴含着"一个拥有声音和技能的更大的群体,一个想象出来的人种稠密度"(1992:176)。这一用语令我们想起第二章中谈到的吉尔茨(Geertz)的厚描理论,也令我们注意到他认为人种的稠密度是"想象出来的"。格林布拉特的著作越发强调想象,这一点我会在本书第六章谈到,所以此处我不再详细讨论。但是这代表着格林布拉特的一个问题,正如他在文章最后承认的那样,在共鸣和惊奇之间的选择太过生硬。实际上,他提出,最成功的展出也许是那些引发惊奇的展出,一部分是因为获得惊奇的经验不要求费力进行想象。惊奇的经验只是简单地发生,是一种非刻意的反应。共鸣虽然也具有情感的维度,但要有寻求解释或了解与展品相关的语境的需要进行调和。这一知识可能在参观博物馆之前就具备,但也经常是由博物馆的引导工具提供,如展品文字说明、游览指南、导游或录音导览等。这使我们想到瓦尔特·本雅明对于叙述故事的不同方式之间区别的说明(见本书英文版第36—38页):一些故事的讲述只是为了它们本身的利益(即惊奇);另一些则是类似报纸上的新闻故事一样,由解读塑造(即共鸣)。然而,惊讶、崇拜和情感反应都能促使惊奇向共鸣转化,因为(如阿尔伯图斯·麦格努斯所说)惊奇会带来想了解为何产生这种效果的愿望。一个产生惊奇的物品会促使观看者去思考与其相关联的文化瞬间，去询问谁制造了它，以及制成之后的若干年间它是怎样被使用的。我们很难对一个已经了解的物品产生惊讶，因此与其他途径 89 相比，从惊奇转向共鸣更加容易。

政治、美学与浪漫主义

对于格林布拉特的观点，也有人会提出反对意见。如果任何物品都包含有预期之外的美学维度，那是否意味着整个文化都被"美学化"了？这一批评绝大部分是基于瓦尔特·本雅明的文章"技术复制时代的艺术作品"（参见本书英文版第37页我对本雅明的评论）。在文章结尾，本雅明有一段著名的论述："法西斯主义逻辑上的结果就是政治生活的美学化"，以及"所有将政治美学化的努力都将达到一个顶点，那就是战争"（Benjamin 2003：269）。"美学化"在这里意指国家的组织形式使得社会本身被看作一件艺术作品。也就是说，社会被当作美的事物对待，最明显的例子就是当社会进入战争状态时，美学化的政治就会达到顶点，社会也达到了空前的统一，国家则具有了神圣的形象。战争本身也被看作是美的，具有艺术的种种特征，值得人们为此去牺牲。即使是非法西斯国家，战时的政治宣传也具有此类特点。一个著名的例子就是英国诗人威尔弗雷德·欧文（Wilfred Owen，1893—1918）的诗歌《为国捐躯》（Dulce Et Decorum Est），他在诗中拒绝认为为国捐躯是甜蜜与合意的。

许多批评家宣称新历史主义将文化美学化，是一种"理论之罪"，盖勒赫和格林布拉特则在《新历史主义实践》中予以反驳：

　　我们并非要努力将整个文化美学化，而是将创造性的能量更深入地植入文化之中。这不是要从美学角度赞成过去的每个悲惨的压迫性结构和每一种暴力行为，而是要想象我们所热爱的作家不是凭空出现的，研究他们的成就必须借鉴他们的整个"生命—世界"（life-world），而他们的这个生命—世界都无疑留下了自己的痕迹。

（2000：12-13）

　　因此，虽然他们准备将通常不与艺术相关的物体都赋予美学效果，但这并不等于暗示文化的每个部分都具有美学潜力。发现一个物体的美学维度不代表接受或赞同产生这一物 90 体的文化的价值观和结构。

　　在我早先对本雅明的讨论中提出，本雅明的作品经常被格林布拉特引用，因此格林布拉特的这一论述没有被简单地反对。盖勒赫和格林布拉特想证明，他们的努力不会轻易受到批评的影响。格林布拉特认为，他提出的共鸣概念不是只会被代表过去暴力与苦难的物品所激发，因此，非艺术物品所具有的美学维度并不代表对过去的文化暴力的歌颂，也不代表这些物品和文件本身就是艺术品。艺术和非艺术作品的一个本质区别就在惊奇和愉悦之间的关系上。格林布拉特认为，愉悦是"我自己的反应［愉悦（pleasure）和我所谓的'悸动'（distur-bance）大致相同］和我想了解的东西共有的一部分"（1992：9）。愉悦和惊奇一样都会引发解读，而解读常常与作品所代表的价值观和幻象是相悖的。虽然新历史主义坚持不削弱艺术作品的力量，但这并不表示新历史主义赞同艺术作品及其代表的价值观。盖勒赫和格林布拉特讨论他们热爱的作家，但也谈到需要"想象"（这个词又出现了）作家生活的"生命—世界"，以便分析文本和外界的关系。

"生命—世界"这一概念让我们想起了德国浪漫主义思想，尤其是在《新历史主义实践》中，提到了约翰·哥特弗雷德·赫尔德的著作。赫尔德首先是一位历史学家，他认为文学和语言都是特定的地理和时代的产物。他将某个民族的文学的特点与语言的特点联系起来，而这种语言反过来是被民族的地理位置、人种特征影响的。

> 每一个国家本土的独特语言的发展都与其气候和地理特征相适应；每一种民族语言的形成都与该民族的伦理和思想方式相适应。反过来，一个国家的本土文学的形成都与该民族的土著语言相适应，这两者是密不可分的。文学从语言中发展而来，语言也在文学中逐渐成熟。不幸的是，总有人想将二者割裂开来；在受蒙蔽的眼里，只能看到其中一个，而看不到另一个。
>
> （Herder 2002：50）

赫尔德将文学、语言、地域和人群联系了起来。气候和文化都是一个民族及其文化产品的"独特性"的一部分。赫尔德的著作表达了一个清晰的观点，即文化是历史特定时刻的特殊产物。当赫尔德阐述 18 世纪后期将希腊文化与其他时期文化相联系的普遍做法时，他强调，产生苏格拉底、索福克勒斯或荷马的时代是不可重复、不可继续的。任何对一个希腊人物和后期人物的比较都只能以类比而非等同的方式进行，二者可以是相似的，但不可能完全相同。赫尔德说："莎士比亚不是索福克勒斯，弥尔顿也不是荷马……前者与后者在他们各自的特性和时代中的地位是相同的"（Herder 1997：291）。因此，莎士比亚可以在他自己的时代中占据特定的位置，或产生特定的作用，但这不意味着他的戏剧等同于索福克勒斯的剧作，而后者在赫尔德的时代被普遍认为是人类历史上最伟大的剧作家。

　　格林布拉特从赫尔德那里借鉴的思想首先是作为一个历史学家，对于在不同场域产生的不同艺术形式之间存在区别的坚持。虽然索福克勒斯和莎士比亚都写悲剧，但他们在不同时代和民族中的存在意味着两种悲剧是不同的，即使它们看上去都在各自的文化中产生了相同的功能。一个普适的、笼统的悲剧"理论"会遮盖，而不是揭示这一区别。盖勒赫和格林布拉特遵循赫尔德的思想得出一个结论："理解的任务并非依靠提炼一套抽象的原则，也不是应用一个理论模型，而是有赖于去接触并考察一个个独立的、具体的个体"（2000：6）。这一观念正是新历史主义理论家拒绝提出一套理论原则的原因，他们认为，一个特定文化中所有的文字和视觉痕迹都可以当作相互关联的关系网络中的某个因素来认识，这一观点在赫尔德的著作中也得到了支持（see the discussion in 2000：5-8 and 13）。

　　为了更进一步理解格林布拉特还从浪漫主义思潮中借鉴了哪些内容，我将暂时搁置赫尔德，转回"惊奇"这一概念。我已经阐述过，惊奇强调了两层意思：第一，惊奇是物体的一种

性质,是某些看上去令人惊异的特质;第二,惊奇是该物体与
一个人相遇时对其产生的影响,是既成事实的情感。从这里,
我们可以探究其浪漫主义的传承,其中最明显的思想痕迹来
自康德和黑格尔(在康德 1987 年和黑格尔 1998 年的两本书
中表现得最为明显),即艺术为我们提供了一种理解我们对世
界上某个物体的感知和我们评判理解物体的能力之间关系的
途径(有一则关于康德的轶事,见格林布拉特 1997)。也就是
说,浪漫主义的一个核心问题就是试图表现我们对于物体的
感知和我们对于物体的了解之间的统一状态。例如,我们对艺
术的评判,意味着我们可以区别好的艺术和坏的艺术,这反过
来说明我们可以了解艺术作品的本质,我们对它的感知是准
确的。如果认为浪漫主义一部分是为了统一主体对世界的体
验和世界中的客体本身,如果主体和客体在意识中可以统一,
那么惊奇就成为这种可能性的一个实例。一个客体是令人称
奇的,这是我可以了解到的事实;同时,惊奇又表明我对这个
客体有着怎样的情感。那么我的情感和我的知识结合在一起,
得到了统一。我的情感包含事实的因素,因为它反映了这个客
体的真实本质。艺术的美学维度,以及新历史主义视角下非艺
术的美学维度变得非常重要,因为它代表了知识与感知的统
一。用格林布拉特的术语来说,这是从惊奇向共鸣的转化。

　　然而,尽管浪漫主义思想和格林布拉特著作具有一些契
合之处,但它们之间也有明显的分歧。盖勒赫和格林布拉特认
为,坚持将文化、人群和地理联系起来是一种毁灭性的解读,
例如在法西斯主义兴盛时期的德国(2000:13)。格林布拉特也
认为传统的文学理解方式,即民族主义视角和术语下的解读

在如今的文学研究里正在衰落。"20 世纪后期,一个英语文学的教授在太平洋沿岸的一所公立大学（即加州大学伯克利分校）里教授莎士比亚时,民族主义的模型逐渐变得无关紧要"（1997:462）。在格林布拉特自己的著作里,对莎士比亚和英语文化的解读是通过欧洲其他地区的文本（如阿尔冈琴、马丁·盖尔、蒙田、门诺曹等）,尤其是在欧洲文化与新大陆的进行碰撞的早期现代社会中,民族主义模型的无关性变得十分明显。

不可思议的占有

当格林布拉特在《不可思议的占有》中讨论惊奇的本质时,欧洲与非欧洲人群在殖民地相遇的语境中,解读者和被解读对象之间的关系产生了一种特殊的共鸣。尤其是在分析叙述关于这种相遇的旅行和发现文本时,格林布拉特如我们所料,并没有试图提供一种全面覆盖的历史观。这本书的文体风格继续深化了他碎片式的历史故事叙事,尤其是那些充满震撼性的瞬间:"任何读到这本书的人都会发现,我的章节大部分是围绕逸闻趣事展开的,是法国人所说的'小历史'（petites histoires）,与那种走向明确的、整体化、综合、进步的'大叙述'（grande récit）历史有明显的区别"（1991:2）。这可以追溯到早期现代旅行叙事的写作手法,亦即不是去表现一个统一、有趣、精巧的故事,而是提供一些对事物、行为和人的能够引发读者兴趣的惊鸿一瞥。这种叙事手法通过"陌生事物的冲击、强烈好奇心的激发、间断性的惊奇"达到其最大的效果。格林布拉特接着说:

　　因此，这些文本所表征的世界并没有一个稳定和谐的秩序，而是关于预料之外的事物的一连串短暂的相遇、随机的体验和孤立的逸闻。而逸闻——从词源学上来说至少是与未发表的东西相关联的——则是最重要的记录，这也是哥伦布在向已知世界的最东端航行时意外在另一个半球落脚，从而与意想不到的异族相遇而开始使用的主要记录方式。

(1991:2—3)

94　　　这一段话结合了我们之前谈到的几个关键词：惊奇、逸闻、意外，以及已知和未知之间的关系。格林布拉特同哥伦布的相似之处是，他没有依照历史的进步模型，也没有提供解读的方向，在阅读逸闻的惊讶中形成了一种预料不到的惊奇体验。

　　格林布拉特在这本书中认为，不同文化背景族群的相遇状况很大程度上取决于参与者选取的解读策略。这一思想使他提出了一系列的问题：

　　一个人如何理解他人给出的信号？又如何向他人发出信号？当一个人面对一无所知的文化隔离时，他是如何调和他希望进行顺利沟通的愿望的？一个人是如何从沉默的惊奇走向沟通的？……非语言信号、物质交换、语言——这三种沟通模式反过来结合为一个更大的问题：一种表达系统是怎样与另一个系统建立起接触的？

(1991:91)

　　格林布拉特描述的相遇情形也象征着一个批评家的角色。正如来自两种文化的双方相遇时必须要寻求一种自身符号系统的"翻译"方法,将自己的沟通方式翻译成对方能够理解的方式,批评家也面临着类似的需要,即解读另一方的信号和进行沟通。寻找一个能使交流发生的空间、达成理解的方法有很多,其中之一就是即兴表演或者即席发挥(improvisation)。在《文艺复兴时期的自我塑造》里,即兴表演就是一个人适应他所在环境的一种方法。即兴表演的定义是"一个人在另一种符号系统里植入自己的能力"(1991:98),经常以模拟和摹仿(imitation or mimesis)的形式出现。对另一种文化中的行为、仪式和实践的模拟,即使在双方没有共同语言和相互之间的文化理解的情况下也可以实现。虽然两种不同文化的族群之间有着显著的差异(如相貌、风俗、服装、性格特质、语言、宗教信仰、政治组织等),但对于这些差异的摹仿性挪用还是有可能 95 的;也就是说,这些差异可以被复制或摹仿,从而形成充分的相似,从而能够建立起某种关系。正因如此,虽然双方存在着整体的文化差异,双方也都完全不了解彼此,但刚到达新大陆的欧洲人就可以与当地的土著人进行贸易了。

摹仿论

　　摹仿(mimesis)的概念在很多学科都有巨大影响,也经常被用于解释表征与表征对象之间的关系。虽然它被广泛使用,或者正因为它的广泛使用,摹仿的概念一直十分模糊,覆盖了从美学实践到日常行为的各种事物。传统的摹仿概念强调的是相似，因为表征被认为是原物的形象或者模拟。在柏拉图的《理想国》中，苏格拉底有一段非常著名的对诗人的评论，他认为诗人的作品最终都是模拟，是对于事实的"背离"，是对世间事物的复制，是理想的原物的一个影像。苏格拉底的观点持续受到批驳，但是他关于艺术是对世界的复制、不再"真实"的思想却得以延续下去。亚里士多德提出了一种更为积极的观点，在其《诗学》中作为中心论点之一进行了表述。显然，在早期现代社会，古希腊和罗马文化中这种原型模拟的观点在艺术思潮中处于主导地位。格林(Greene)认为："对原型的模拟是一种在当时流行于文学、教育、文法、修辞、美学、视觉艺术、音乐、历史学、政治和哲学各个领域的认知和行为方式"(1982:1)。近期关于摹仿的著作则转而关注物体和表征之间的差异。如梅尔伯格(Melberg)所言："摹仿的本质始终是'重复'，即摹仿总是两个对立但相关联的思维、行动、建构方式的交汇之处：相似与差异"(1995:1)。关于摹仿论的文献汗牛充栋，但请参见奥尔巴赫(Auerbach, 1968)、柯恩(Cohen, 1994)、葛宝尔和伍尔夫(Gebauer and Wulf, 1995)、吉拉德(Girard, 1988)、梅尔伯格(Melberg, 1995)的作品。

96 格林布拉特将摹仿的概念放在一个特殊的语境里，与资本主义联系起来："如果借用马克思的术语，对他者的同化问题可以与所谓的'摹仿资本再生产与流通'联系在一起"

（1991:6）。格林布拉特认为这样做有三个原因。他将摹仿看作是形象的生产，而资本主义是这些形象参与流通的社会与经济大结构。由于摹仿在全球化语境中的增殖、再生产和流通行为与资本主义联系在了一起。对表征形式进行储备、累积一整套符号与象征关系，以便运用《莎士比亚式的协商》一书中讨论过的挪用手法来制造新的表征方法。格林布拉特还认为，摹仿本身就是"生产的一种社会关系"：

> 我认为，任何特定的表征不仅是社会关系的一种反映或产品，而且它本身也是一种社会关系，与它所流通于其中的文化中的其他方面如集体知识、阶级地位、冲突反抗等密切相关。这就意味着，表征(representation)不仅是产品，而且它还是生产者，它能够决定性地改变形成产品的种种力量本身。
>
> （1991:6）

那么表征并不仅仅意味着去"反映"某种事实。事实是由表征所产生，并作为表征被呈现出来的，它进而对产生它的那个系统产生了反馈，并改变了那个系统。这并不是说，任何事物都可以被认为是摹仿再生产的产物。表征与事实不是等同的，但它们是不能孤立开来单独看待的。

一个与反馈过程有关的例子，就是欧洲人自己的计划产生了一种改变了的感觉，这可以从那些有关与新大陆进行接触的叙述中看出端倪。格林布拉特希望他的读者们认识到，在阅读这些文本时，批评家是很难看到一个"真实的"新世界的。

即使是旅行者对于那些地方和人群的积极描述，也应该首先分析是什么样的价值观和信仰造就了这样的描述、表征和叙事。"我们只能肯定，欧洲人对于新大陆的表征手法显示了欧洲人表征实践的一些特点"（1991：7）。写作本身也被看作是欧洲的特有"技术"之一，是在与新世界相遇时展现出的欧洲力量之一：

97
　　在哥伦布发现新大陆之后的几十年内，到新世界冒险的欧洲人都具有复杂、发达和灵活的技术力量：写作、导航设备、船舶、战马、军犬、盔甲和高度致命的武器，包括火药等。

（1991：9）

这段话告诉了人们很多东西，虽然听上去和缓而让人放松了警惕。使我们在读到这一系列的例子时很容易忽略其中的逻辑关系。写作和军犬之间的联系到底是什么呢？

答案在技术这一定义里。在第一章中（英文版第18—21页）我们讨论了技术的含义，它包括两方面：第一，在现代通常的用法里，科技指辅助我们控制世界某些方面的工具及其结果（导航工具、盔甲、船舶、武器等）；但在更广义的"术"（technē），即广义的"艺术"的范畴里，战争之术与写作之术是相通的，都在于其表现"先进"的欧洲人与"野蛮""原始"的新大陆土著人之间的差别。正如武器可以带来物理上的压制，体现了强者相对于弱者一方的优越性，写作的能力也被看作优越性的标志之一。这种观念显然基于如下信念：欧洲人所遇到的那些美洲土著的文化还没有发展出写作，或者其他与符号性表征手法相对等的形式。格林布拉特提出，这些观点也可以从经济维度加以考量，这也反过来回到了摹仿的概念。格林布拉特认为印刷术是"那个时代使摹仿得以流通的最伟大的技术工具"(1991:8)。在《莎士比亚式的协商》中，流通成为一个关键术语，联结了文化中不同领域和实践。这也揭示出"被发现"的文化与带来这一发现的工具之间的关系。格林布拉特认为：

> 摹仿的流通……是双重的：第一，表征与产生这些表征的特定技术被从一个地点带到另一地点，其中大部分是沿着征服和贸易的方向，但也偶尔会因为事故或怪癖出现意料之外的转向；第二，那些接触到表征的人会从其他地点移居而来，无论其自由度有多大，都自然而然地带来他们自身文化所具有的一系列意象和技术。
>
> (1991:120)

表征的技术是欧洲人用以控制他们所遇到的美洲新大陆 98 居民的权力策略的一部分。但是这些相遇也产生了另一些表征，这些表征旅行回欧洲并对欧洲文化产生了巨大影响。这些表征正如文学和艺术一样，不仅是外界的投射，还与塑造世界的大结构紧密相关，并成为人们生活的一部分。文化是流动、易变而充满冲突的。价值观和文化身份认同的结构总是决定着各结构之间的边界，也决定了这些边界可以如何被跨越。

格林布拉特的兴趣并不在于新大陆及其居民是如何被表征的，也不在于这种表征是否"精确"，而在于欧洲人对欧洲和新世界的相遇的反应。从精确度,甚至是从逻辑性的角度来评判这种反应,都是对于反应和反应制造者之本质的误解:"他们的主要兴趣不是了解对方,而是向对方施加影响。正如我试图证明的,产生这些表征手法的首要能力不是理性而是想象"(1991:12—13)。《不可思议的占有》就是表征想象行为的一种尝试,但是要全面地理解其中的观点,需要我们对格林布拉特著作中关于想象的作用进行更加深入的思考。

小结

　　共鸣与惊奇是格林布拉特著作里的两个关键术语,并在《不可思议的占有》一书中的一章"共鸣与惊奇"中得到了充分阐释。它们各自表征出对客体的不同态度:惊奇包含了与艺术或其他领域的某个客体的相遇而造成的惊讶感;共鸣则缺乏惊奇的即刻性,是对于客体的语境、现在或过去与其相关的生活的分析解释。这一观点继承了德国浪漫主义,尤其是赫尔德著作中的思想,其中心是与语言和民族认同相关的文化历史感的强调。但是也偏向康德的思想,即惊奇既是客体的特质,又是看到它的主体的体验。格林布拉特关于遇见新大陆的著作阐释了惊奇和美学的主题,他将这一主题与表征实践和所谓摹仿资本的流通联系起来,强调了欧洲与非欧洲文化的相遇会产生两种发展方向:影响"被发现"的人们以及反过来对欧洲产生影响。

六、想象与意志

　　格林布拉特近期著述的核心思想就是想象（imagination）。该术语在格氏近期的著作中变得越来越重要，但它依旧还是在它经常被交托给的狭窄限制之外你所能想到的最好的东西。想象，就像格林布拉特的很多其他术语（譬如文化、美学等）一样，在互动的社会模式（social modes of interaction）之内发挥作用，这些互动的社会模式不能被简单地认同于艺术。正如盖勒赫与格林布拉特在《实践新历史主义》中所指出的那样："想象之屋有着很多的高楼大厦，而艺术（它作为一个独特的范畴只是一个相对晚近的发明）只是其中的一栋大楼罢了"（2000：12）。

　　本章将就格林布拉特的两部作品——《炼狱中的哈姆雷特》（*Hamlet in Purgatory*，2001）和《俗世威尔：莎士比亚新传》

（*Will in the World*，2004）①，来考察他对想象的运用。在这两部作品中，格林布拉特提供了莎士比亚的生活和工作的胶着状况，试图以本书前几章中所讨论过的、读者也已经变得熟识的方式，来展示有助于塑造莎士比亚作品的那些文化影响以及阐释文化影响在莎士比亚创造文本中体现出来的塑形作用。在其早期著作中，格林布拉特将他正在描述和分析的早期现代性实践与他作为批评家的身份相联系，在此两种情况下，想象成为享有特权的术语。正如他在《俗世威尔》中所言：

102　　　　若要了解莎士比亚是谁，重要的是要循着他遗留于身后的言辞痕迹，溯源于他曾经历过的人生，进而融入他曾经对之敞开心扉的世界。而要理解莎士比亚是如何运用其想象力将其生活转换成其艺术的，自身想象力的发挥亦为重要。

　　　　　　　　　　　　　　　　　　　　（Greenblatt 2004：14）

　　典型的情况是，这儿进行着一种双重运动：格林布拉特首先要我们遵循言辞痕迹（verbal traces），即我们所称的莎士比

---

① 另译为《世界中的意志》，参阅王岳川：《当代西方最新文论教程》，复旦大学出版社，2008年。《俗世威尔》一书将莎士比亚的生平生活与他的演艺事业、创作事业的胶着状态进行了大量描绘，给读者呈现出一个普通人可感可触的有血有肉的莎士比亚的世俗一面；在展示世俗的莎士比亚的创造表演才能、投资管理才华、生活投资智慧，尤其是巧妙周旋于包括当时最顶层群体在内的社会各阶层，屡战屡败、屡败屡战，获得成功，乃至流芳后世的同时，无不显示出其具有超凡意志力的一面。可参阅英文版 Will in World：How Shakespeare became Shakespeare，by Stephan Greenblatt，2004；中文版《俗世威尔：莎士比亚新传》，辜正坤等译，北京大学出版社，2007年；弗兰克·哈里斯著：《莎士比亚及其悲剧人生》，徐昕译，江西教育出版社，2013年等。——译者注

亚作品,进而融入他的生活和世界。艺术照亮了置身其中的作家世界以及他所在之处。正如他在《文艺复兴时期的自我塑造:从莫尔到莎士比亚》(*Renaissance Self-Fashioning*,1980)中所指出的,这一设计的核心就是个体或主体的生活。当然,在传记中,这并不足以值得惊讶。接着,格林布拉特转换了轨迹,即从生活世界进入艺术世界。在这一双重运作中,格林布拉特强调了一种类似的双重想象活动:莎士比亚自身的想象和评论家的想象。但到底什么是想象?在这些文本中想象又扮演什么角色呢?

想象

评论想象的传统可谓历史悠久。在历史的不同时期和不同文化中对想象的评价和界定各不相同。它通常与虚构、幻想、梦想和不真实等概念相联系。也就是说,世界上的种种物体可以被说成是涉及某种心理过程。通过该心理过程,有可能使人想象出严格意义上来说在物质形式上并不存在的事物。想象常常被高度赞扬为一种创造性的工具,正是这一功能使艺术家和其他人得以设想各种超越日常经验的"普通"世界中的种种事情、人物、地方和观念。确切地说,通常一个艺术家所富有的"想象力"正是其作品受赞扬之处。当然,这并不意味想象的对象跟日常经验毫无关联。这点在诸如托马斯·莫尔的《乌托邦》之类的文本中阐述得很清楚(我们在本书第三章中有所提及)。乌托邦是一块未必存在的乐土,其居民的种种行为与莫尔居住的社会截然不同。但正是这种介于莫尔所据有的真实世界和他所想象的世界之间的距离,激发了读者去反思她或他自己的世界,去想象那个世界本身可能如何不同。由此,作者的想象力推动了读者的想象力。

103   当然,我们在日常生活中使用的许多范畴本身就是想象的产物。因此,在著名的《想象的共同体》(Imagined Communities)一书中,本尼迪克特·安德森曾经指出:"甚至最小国家的成员也永远做不到了解、接触、甚至听说过他们的大部分同胞,然而他们团体的观念存在于每一成员的思想中"(1991:6)。该书论述了民族主义及其发展历史。这也指向了一个较为消极的想象概念,因为它常常是造成某种焦虑和不安的根源。它时常与说谎、虚伪、自欺欺人相联系(因为认为说出来的也不过是"想象的"而已),或者与从现实世界到幻想王国的"逃离"联系在一起。这样一来,想象就与诸如意识形态之类的概念联系上了。意识形态同想象紧紧结合在一起,在某种程度上已涉及了与世界的关系,这种关系在相当大的程度上是一种心理投射,而不是一种对真实世界"原原本本"的"准确"感知。诸如意识形态的这些看法,部分问题在于要确保知道那个声称看透意识形态的人是真正站在超出意识形态的立场,而并不是仅仅投射一个不同的却同样是意识形态的观点。

想象之历史

西方有关想象的各种观点的中心话题是亚里士多德对想象的见解。亚里士多德把想象看成一种感性(sensation)和理性(reason)之间的桥梁。对于亚里士多德来说,想象就是这么回事,因为他认为我们在思维中使用的心理意象与世界上的种种物体发生联系。为了明白这一点,我们可以举个例子,你可以试着想象一个三角形但不要画出来。因此，所有思维与表征相联系，因为思维对其本身再现了其正在试图理解的对象。这就表明，种种意象是各种被表征对象的可靠信息来源。这些意象连接着感官的感知与理解的各种心理过程。这就是亚里士多德几部著作中所给出的观点，其中最为显著的是《论灵魂》（De anima，*Of the soul*）和《论记忆》（De memoria，*Of memory*）。这就如查理德·凯尔尼（Richard Kearney）所说的，想象在很大程度上仍是一种复制，而非生产性功能，它并不是我们现在所认为的"原创性"源头（Kearney 1988：113）。

和亚里士多德一样，格林布拉特也清楚地看到了世界意象与世界自身的关系，但是他的想象观念可能再次与蒙田的作品富有成效地联系起来。在蒙田的随笔《论想象的力量》（*On the power of the imagination*）中，就展示了这种想象。

——包括他自己的——想象是具有如此强大的威力，以致能产生各种身体感受，且能导致疾病甚至造成死亡：

104

> 有些东西比刽子手的手更胜一筹。一个人在断头台上，揭开蒙眼布，以便向他读免罪符；当他倒地死去时，纯粹是遭受了想象的打击。当想象性的思维困扰我们时，我们浑身流汗，开始颤抖，脸色变白或变红；在铺着羽绒被的床上，我们仰卧着，感受自己被这类强烈的情感搅动不安的身体，甚至有些人会因而死去。

（1991：110）

意识形态

　　意识形态在一段时间里是一个相当不流行的术语,因为它与马克思主义的一种不甚敏锐的形式联系在一起。用最简单的话说,意识形态被看作是对真实世界的扭曲。我们之所以不能以世界的本来面目看待世界,就是因为有某种权力在操控我们,致使我们只能以一个特定的、错误的方式看世界。这种观点表明,意识形态是这样一个问题,即它不与世界真实的存在方式相关,反而是与我们看待世界的方式相关,而且这种观点的含义已嵌入到该词的词源[意识形态(ideology)与观念(idea)一词共享词根]。这暗示着观念的改变将使我们更好地理解这个世界。

　　这种意识形态观点被法国马克思主义哲学家阿尔都塞(Louis Althusser)提出并加以阐述,阿尔都塞认为意识形态不是虚假的观念,而是观念本身,是一种社会体验的表象系统,它是人类经验的一个基本部分。阿尔都塞把他所谓的压制性国家机器(Repressive State Apparatus)和意识形态的国家机器 (Ideological State Apparatus,ISA)区分开来:前者通过武力运行,包括警察和军队的各种行动在内;而后者则是通过意识形态运作,它既被运用于各种公共机构,也被应用于到诸如家庭类的私人领域。意识形态发挥作用, 造就出某特定社会组织需要的那一类人。在这方面,资本主义表现得最为明显,资本主义通过一种他称之为质询的欢呼或召唤等方式使个体认可他们在社会结构中的位置。显然,阿尔都塞的意识形态与格林布拉特

的文化有着某些类似之处。这是因为格林布拉特的文化概 105
念也包括一些规约,这些规约有的来自各种机构,并以正式
的方式强加于人们之上;也有的来自他人的赞许与不赞许
的非正式途径施加的影响。

关于意识形态批评的看法,争辩来自诸多方面。对于任
何声称看透意识形态的人来说,最迫切的问题之一就是证
明他们的世界观不仅仅是另一种意识形态的立场,证明"他
们的观点是真正地去神秘化,而不是一种再度神秘化"。关
于近年来某些在意识形态方面最具挑战性的著作,请参阅
齐泽克(Žižek)的著作(1989, 1994)。

那么对于蒙田而言,想象并不局限于种种可能的心理观
念,也不与真实的世界紧密相连;此类思想带有了某种物质
性特征,它们能使思考者身上发生些什么。因此,想象与格
林布拉特的奇迹或共鸣的种种概念具有类似的构造:在某种
程度上,想象促进思维,而且也包含种种导致诸如惊讶、笑、害
怕及焦虑等身体反应的要素。我们的种种幻想具有美学维度,
它把审美的概念不仅与艺术,而且也与感知联系起来了。由想
象产生的各种意象并不仅仅再现了世界,它们也对世界施加
着影响。

在德国哲学家伊曼纽尔·康德(Immanuel Kant)的著作中,
想象占据着一个极为重要的维度（康德已在本书第五章论
及）。虽然康德关于想象的观点随着他以后新著的出现而会发
生改变,但在其著作《纯粹理性批判》(*Critique of Pure Reason*)
中存在着种种强有力的论述。在试图解释人类主体"了解"世

界客体的种种可能的方法时，康德提出了著名的唯心主义立场，这与亚里士多德那种更为现实的将想象视为再现的观念形成对比。也就是说，康德强调，关于客体的知识总是一种觉察的问题，其程度如何则有赖于那些人们借以观察世界的各种心理机制及概念。康德要尝试发展出一个比亚里士多德的更富产出性的想象，因此，他提出，虽然我们的知识是更依赖于感官经验的——这里的知识是指关于某事物的知识，而该事物就是我们所思考的"内容"——但我们借以掌握知识的形式，却是由理解能力本身所提供的。如果没有理解，那么我们对客体的体验也不过是产生感觉而已，但理解总必定是对某些东西的理解，它需要某种形式的内容，没有那种内容的理解是空洞无意义的。康德赋予想象的角色是思考感官经验与理解关系的关键。他认为，想象优于感觉及理解。因为他认为，对于我们来说，不仅是对对象的感知，而且也是对我们自己意识的感知。换而言之，如果我们意识到一个对象，那就必定是一种能够产生那种感觉的意识。所谓想象，就是通过理解机制把呈现在各种感官面前的东西"综合"起来。因此，正是想象使得感官体验成为知识。所以想象是能产的（productive），而非仅仅是再生或者复制（reproductive）。正如霍华德·凯吉尔（Howard Caygill）所说，康德的想象所产生的原创性的表征"不是源于经验，而是为经验提供了条件"（Caygill 1995：248）。

亚里士多德把想象作为感性与理性之间联系的理解，蒙田对想象具有使事情在现实世界发生的力量的坚信，康德的超越表征与复制的能产性的想象力之概念——这种种观点都为格林布拉特使用的想象奠定了基础。新历史主义颇具特色的东西之一是它致力于认真对待想象及想象的事物。盖勒赫和格林布拉特指出，他们从马克思主义历史学家们〔尤其是汤普森（E. P. Thompson）〕那里所吸取的观点，实现了"历史学家必定能超越对过去社会现实的理解，从而去想象社会的虚构性"（2000：57）。通过将那些生活在特殊社会现实中的人们的欲望与希冀纳入考虑的范围，各种反历史（counterhistories）出现了，这些反历史向历史学家们反映了很多关于那些人与种种真实状况之间的关系（有关反历史的相关论述，请参阅本书第二章）。因此，想象不仅能制造出现实世界的种种意象，还能创造出另一个可能的或者被渴望的世界意象，甚至能填平这两个世界之间的鸿沟。

与死者对话

格林布拉特对想象力的运用最显而易见的方式之一就是他公开声明渴求与死者对话。正如我在第四章所表明的那样，这种方式赋予了他早期著作《莎士比亚式的谈判》（Shake-spearean Negotiations）以活力。尽管格林布拉特立即又承认，开展或者重新开展一场与死者的真正对话是不可能的，他还是极力证实了他自己对此是如何的着迷的：他能目睹（并真切感受到）文学中对生活的"仿真"（simulations）。对其他人——这些人包括作家、艺术家以及所有在当下留下历史言语痕迹的人——的多种想象加以研究，促进了那个聆听了这些声音之人的想象力。毕竟，这是文学阅读中最能令人满意的因素之一。它在于激发了读者的想象，而不仅仅只是展示作者的想象。

当格林布拉特在其著作开端就《哈姆雷特》和炼狱的历史

维度展开讨论时, 他马上就转回到紧张(intensity)这一概念。正如他所清楚地表述的:

> 我唯一的目标是将自己沉浸在悲剧那颇具魔力的紧张之中。见证哈姆雷特的紧张似乎有点荒谬;但我的专业(文学评论)已变得如此奇怪地令人缺乏自信, 甚至于恐惧文学力量也变得如此令人怀疑和紧张, 以至于可能会冒这样的危险: 无视——或者至少未能阐明——有人首先为此事业而操心的全部原因。
>
> (2001:4)

无论是从以上所述还是在其他地方, 格林布拉特对文学的热爱是绝对不容置疑的,但在这里,他对以下那些讨论文学文本的话语提出了质疑: 这些话语在谈论文学文本时根本没有表达出文学的魅力, 也并未告诉我们应该关注文学的原因。

尽管如此, 一些读者发现《炼狱中的哈姆雷特》(*Hamlet in Purgatory*)是一本十分难以理解的书,这恰恰是因为它花费了相当多的笔墨才对剧本有了明晰的解读,该书的前几章大部分都在论述一些非文学文本。该书开始就对16世纪初的炼狱背景加以详述,接着作者又论述了英国宗教改革的背景下关于炼狱之宗教地位的一系列争议。最反对炼狱思想的新教作家的主要问题集中在三个方面。首先,事实上,炼狱曾被教会利用,当时罗马天主教会旨在通过为那些既上不了天国(即天堂),也不至于下地狱,而是进入天国和地狱之间的炼狱之界的那些亡者灵魂提供祈祷来敛财。这些亡灵要将死时还带有的罪行在炼狱中炼净之后才被允许进入天国。对炼狱的反对者来说，这是已被人们觉察到的教会腐败的另一个方面。 其次，各种圣经文本中完全缺乏炼狱存在的证据。似乎这是后人根据圣经意思加入到基督思想中的。格林布拉特也指出炼狱之概念仅仅在中世纪后期才得到真正的发展。同样地，炼狱被认为是一件想象的作品、一首诗作。关于新教对炼狱的怀疑，这第三个因素使得这一理解更为复杂化；那些坚信炼狱存在的人倾向于对炼狱的各种完全不同的理解持保留态度。既然它明显是一种用来控制行为的假想构造，那么把对早期现代英国对炼狱思想的利用看作意识形态的一种职能将是极具诱惑力的。但格林布拉特感兴趣的是一些早期的现代作家（包括诗人兼牧师约翰·多恩）注重对炼狱诗学维度的思考。正如格林布拉特指出："我们所说的意识形态（ideology）……在文艺复兴时期的英国则被称为诗歌（poetry）"（2001：46）。

　　格林布拉特把艺术生产仅仅看作是正在发挥作用的想象力的几种展示形式之一，但与此同时，格林布拉特并不把对诗歌的强调当作是对那些通常被称为诗人的维护。尽管认识到新教徒的思想在诗学上的局限性，但他仍然赞同这一事实，即那些反对炼狱的新教徒"清楚地知道，想象并不仅仅是极少数著名诗人的灵感之作，尽管它包括了这类创作；他们认为，想象是一种品质，不论好歹，想象弥散在绝大多数生产者当中"（2001：50）。炼狱是一种集体创作物，其目的是被设计出来对宗教信徒们的想象力发挥影响。具体地说，它意在促使他们去考虑人死后所发生的事情——最重要的是在他

108

们死后将会发生什么。

格林布拉特提议我们认真对待这一观点:炼狱是想象力运用的杰作。也就是说,他要我们相信这个事实,即对于存在于我们自身之外的世界的任何观念,都必须依赖于某种程度的想象。就像天堂或地狱一样,炼狱也是一个信徒们未曾亲身进入的领域,他们对此也毫无经验。正因如此,其实对炼狱的思索就要靠运用种种富有想象力的手段。那么称炼狱具有"诗性",就是在一定程度上承认,它既是既定的,也是"被制造出来的"[记得我在第一章中提到过诗歌概念根源于希腊语中的"创制"(poiesis)一词。为了阐明他的观点,格林布拉特引用了莎士比亚的作品。在评论疯子、情人和诗人等人通常具有的"形塑幻想"(shaping fantasies)之特征时,忒修斯(Theseus]在《仲夏夜之梦》(*A Midsummer Night's Dream*)中提到:

109

> 诗人的眼里,有精美的迷乱滚动,
>
> 瞬间即天堂地狱,地狱天堂。
>
> 未知的事物,想象赋予形态,
>
> 诗人的妙笔,将之塑造成形,
>
> 虚无缥缈之物,使得其名所。

(5.1.5–17,quoted at 2001:161)

宗教改革

所谓的欧洲宗教改革标志着基督教思想极具决定性的转变。通常认为,宗教改革始于德国神学家马丁·路德

(Martin Luther，1483-1546)，改革的主要动机是回归基督教教会的基础信仰。当时基督教会被认为由于教会机构本身的财富与权力已日益腐败堕落。新教徒们反对教皇的世俗权力、对当时教会现状提出抗议，力图回归到更为简单的各种崇拜形式，这包括把圣经翻译成当地语言，使信徒与上帝及他们的信仰之间产生更为直接的联系，而不是依靠牧师来用拉丁语或希腊语文本来为他们解释圣经。这种做法的成效之一是文化意识的增长，并使得更多的民众能够自己阅读圣经。新教徒们拒绝看起来横亘于他们与上帝之间的一切，这包括拒绝教堂内对艺术品的使用和装饰，诸如对圣母玛利亚等的各种圣像的使用以及神父与主教所穿的华丽衣着等。这些问题成为极具争议的话题，并引发了暴力，由此造成的后果不容小觑。由此，很多人都被处决——要么是因为提倡新信仰，要么是因为捍卫原来的方式。尽管如此，过分夸大发生的改变也是不恰当的——对于许多人，甚至是大多数人来说，这个体制可能已经改变了，但是他们的各种宗教实践被当地风俗、习惯和家庭影响所形塑，同时也一样被官方版本的宗教教义所形塑。(See Bossy 1985; Duffy 1892; Haigh 1993)

格林布拉特说，在新教对"把炼狱看作诗歌"的批判中，这正是那个正在起作用的过程。诗意的想象力旨在宇宙的关联性，它提供了一个空间，让天堂与人间的关系可以在此得以解决，但它真正起到作用的是针对各种"未知的事物"。诗歌将这 110

些未知事物转变成了各种具体形状,予之以寓所及名称。正如
对炼狱场所的看法必定是一种想象行为——既然没有哪个描
写或谈论炼狱的人有过任何的直接经验,这就使得他们缺乏
建构炼狱的各种思想和意象的经验基础——那么谈论以及描
写炼狱的行为也就只是给它安置个处所和名称而已。正如格
林布拉特所指出的,在《仲夏夜之梦》中,有些强烈的暗示——
梦想与随意的幻想揭示了种种真相——这就是清醒时的意识
天真地相信自己对现实的把握,却不能认出或承认现实。其种
种后果显而易见。炼狱可能纯粹是虚构的,的确,在某种程度
上,它必定纯粹是虚构的。这并没使人们在这种虚构名义下进
行的种种行为缺少真实感。那些接受有关炼狱教义的人,或者
另一些像下赌注一样的人所说的——如果有一丝可能炼狱是
真的,那么就值得我们去好好地努力去行事为人。这些人受到
鼓励去相信,在他们死后灵魂将被托付的世界事实上比他们
现在生活的世界更为真实。

上演鬼魂

鬼魂(ghost)问题是一个至关重要的问题,无论对炼狱存
在与否的证据而言,还是对格林布拉特想要在炼狱话语和莎
士比亚戏剧之间建立起的关联而言。既然它们不仅本身令人
不可思议,而且使那些遭遇到它们的人感到惊讶,那么各种鬼
魂也是"惊奇"的另一种例子了。在莎士比亚《哈姆雷特》著名
的独白"生存还是灭亡"(To be or not to be)中,哈姆雷特可能是
想表明,在死亡之路上从来不曾有任何一个旅者回来过;但正
如格林布拉特指出的,即使在含有这一台词的戏剧里,也存在

着这样一种角色出场,即哈姆雷特已死去的父亲的鬼魂,这与前面观点相抵触。各种鬼魂成为试图证明炼狱不仅仅是一个寓言或谎言的关键维度,而且也成为莎士比亚剧本的最典型特征,尤其在《哈姆雷特》中得到淋漓尽致的体现。鬼魂,任一鬼魂的出现都表明天堂与地狱之间存在一个空间,因为鬼魂的来到常常会牵涉生者与死者间某些尚未完成的事务。那些升入天堂的灵魂已获得了永恒的欢乐,不必再回到人世。那些下地狱的灵魂却要遭受各种非人的折磨,不容许有任何的喘息机会。因此,如果有鬼魂回来烦扰那些生者的话,这就必然暗示:存在着一个居于天堂与地狱之间的“中间地带”,那些亡灵既不可能不可逆转地被放逐、遭受诅咒,也不允许直接进入天堂。在莎士比亚的几个剧本中,一个鬼魂或是起初被当作鬼魂的某个人的出现往往预示着某些事情或者问题还未得以解决。以《哈姆雷特》为例,鬼魂的出现表明了两件事:一是鬼魂要揭露他的弟弟克劳迪斯对老哈姆雷特的谋杀,敦促哈姆雷特去复仇;二是鬼魂嘱咐哈姆雷特要将自己的父亲铭记在心。

当然,关于各种鬼魂的问题,在于它们本来就是令人难以置信的。在讨论莎士比亚戏剧中对鬼魂的使用时,格林布拉特有好几次指出,多次有角色被认为是鬼魂,但事实上根本就没有那么回事。值得注意的是, 观众或读者通常很清楚这一事实。但是《哈姆雷特》中的鬼魂情况完全不是这样了。这些鬼魂是诡异的(就像我在第二章中所叙述的那样)。也就是说,它似曾相识,那些遇见它的人都说它“像”死去的国王。而且他们都知道死去的国王确实是死了。因此,他们心中所想的和这个不明物体之间就产生了差距：一方面他们无疑知道国王的尸体就爱躺在坟墓里，故而不可能晚上在城堡中四处游荡；另一方面这个不明物体却呈现出他们记忆中的国王的熟悉身影。正如格林布拉特所说，鬼魂是一种记忆的化身（2001：212）。这就是他死去父亲的鬼魂，哈姆雷特的态度也同样在信与不信之间徘徊。反而，他不止一次地想到，鬼魂是被派来引诱他去杀害克劳迪斯的魔鬼，这也同样将导致他自己被罚下地狱。

　　包括《哈姆雷特》在内的众多戏剧中，要求观众做的是清除疑虑。就哈姆雷特的问题而言，随着鬼魂的出现，因为要求观众要么相信鬼魂，要么相信魔鬼般的鬼魂，这个问题就更加112 剧了。对于这个戏剧的早期现代时期的普通观众来说，他们相信恶魔的存在可能就算不上一个问题：对于他们来说，善与恶是已经确立的宗教体系中极富标志性的范畴（暂时假设一下作为普通观众的一员，就是这么回事）；然而显而易见的是，要观众完全忘记这一点，即这不过是一部演员把恶魔的角色扮演得出神入化的戏剧而已，仍然将具有难以克服的困难。尽管存在这些问题，上演鬼魂的强烈效果是莎士比亚几次回归职业生涯的因素之一，而且现代观众还发现这些鬼魂出没的戏剧是莎士比亚作品中最具影响力的。那么在格林布拉特论述有关炼狱的宗教争论与莎士比亚戏剧的效果之间究竟存在什么关系呢？

　　格林布拉特给出了答案，因为莎士比亚可能符合世俗化的过程。在这个过程中，戏剧提供了一个展示宗教仪式威力的版本，但这也是一个让人感到幻灭的版本。这与《莎士比亚式的协商》一书中关于驱魔的和戏剧的争论颇有一些相似之处。

但是格林布拉特却在这里立即表明，也许相反的情况才是正确的:《哈姆雷特》将戏剧的怪异感无限扩大，使之更加接近那些由各种宗教机构和礼制进行整理和利用的某些经验(2001:253)。因此，不是宗教以戏剧性体验的形式被表达，而是戏剧成为人们的精神寄托。以《哈姆雷特》及其他戏剧中所表现的各种意向去分析莎士比亚自己的宗教信仰(新教、天主教，在他人生的不同时期他对两者都信或都不信，如此等等)这个值得琢磨的问题，这种方式将是很诱人的;然而，与之相反，格林布拉特想要表明这确实是对种种观念的文化利用，诸如炼狱观念的利用就使得莎士比亚作为一个剧作家极富魅力。他认为莎士比亚使用这些题材，不是为了给潜在的天主教怜悯心提供证据，而是为了使我们务必"深入了解莎士比亚艺术中的某些东西，如高超的投机取巧、出色的吸纳能力，甚至残酷的自相残杀"，等等(2001:254)。因此，莎士比亚的想象是相当错综复杂的，他从他能得到的各种资源中不断汲取营养，并将其转化为艺术创作;但他绝不会凭空杜撰，绝不去构思一个与他和他的观众生活的世界没有密切关联的世界。正如莎士比亚可能被看作是一位伟大的剧作家那样，对于格林布拉特而言，强调他自己也是一个典范式的戏剧消费者也是十分重要的。

113

俗世中的意志

从诸如《文艺复兴时期的自我塑造》(*Renaissance Self-Fashioning*)、《莎士比亚式的协商》(*Shakespearean Negotiations*)、《炼狱中的哈姆雷特》(*Hamlet in Purgatory*)等著作中我们不难发现，格林布拉特始终关注作者与他或她居住的世界之间的关系。也许，这使得读者更容易看出他的莎士比亚传记——《俗世威尔》的标题中多方位意蕴的双关语。对"will"一词——莎士比亚的名字（first name "William" 的简写）、莎氏的意志、莎氏的遗嘱，抑或，如果我们追寻那些十四行诗里的这个字的双关谐用，它也可以指莎氏的性行为（其中，"will"一词与男性或女性的性器官联系在一起）——的讨论贯穿了一系列章节，这些章节开启了格林布拉特在其他著作中探讨的、为读者所熟悉的许多论题。

在《俗世威尔》的前言中，格林布拉特接上了《炼狱中的哈姆雷特》结尾部分的话题。他这样描述莎士比亚："作为一名作家，他几乎不凭空杜撰；他颇具特色地使用这些在当时已十分流行的种种材料，并将他那些高超的创造性能量灌注其中"（2004:13）。随后他又指出，莎士比亚作品的主要特色之一是"触摸真实"，活生生的人生体验感。当然，这种体验是所有莎士比亚传记作家所面临的首要问题之一。有大量关于莎士比亚生活的证据，但还是留有一些令人沮丧的空白；而很多证据都会让人们更多地理解其生命中的很多十分要紧的事情，尤其是对于那些意欲探索生命的人而言，在他们看来，生命就是由于人们对文本感兴趣而产生的一种结果。因而，值得效仿的是，借助想象力的格林布拉特毫不虚饰浮夸，令人称道，且其手法运用得也有十分熟稔。事实上，许多传记作家都会诉诸狂妄且过于笼统的说法，以便掩饰其充其量不过是肆意揣测的情况而已。强调想象力的重要性提供了一种贴近莎士比亚生平的有效写作方式，这以任何其他方式似乎都不可能做到。因此，第一章这样开头是最合适不过的："让我们想象一下……"

（2004:23）。

　　然而正如我以上所表述的,想象力对于格林布拉特来说具有更为广泛的意义。如同我翻到《俗世威尔》的该章节从中得到的引语表明,格林布拉特所依赖的是工作和生活之关系的双重和辩证意义。为了展示这种作用,我建议集中探讨一下格林布拉特论述莎士比亚十四行诗的那一章(第八章:情郎—情妇)。由于十四行诗长期被作为有几分传记意味的叙述加以解读,因此这些十四行诗是格林布拉特方法的绝妙试金石。这些十四行诗中心话题是情意绵绵的诗人、受许多十四行诗题献的年轻人、黑肤女士和一个或多个诗人的对手(诗人本身常被认为是其中之一)的关系。莎士比亚超凡的一系列诗歌被解读为精湛技巧和深切情感骚动的糅合。

　　然而任何十四行诗读者一直面临的问题之一是试图弄清这一系列诗歌中所描绘的种种经历究竟涉及的是谁。显而易见,这些经历激发了作者写作诗歌的动机。格林布拉特对候选人的挑选并无特别独特之处——这是本书的优势之一,因为它不需要长篇大论地阐释为什么他的理论对于研究十四行诗比其他任何理论更具有说服力。不过,他将十四行诗的写作和阅读影响力紧密连在一起的方式是巧妙的,而这一切都来源于想象力和鉴别力的作用。

　　第八章首先主张南安普顿伯爵亨利·赖奥斯利(Henry Wriothesley, Earl of Southampton)很可能是这一系列十四行诗的受题献者。在16世纪90年代早期,南安普顿伯爵就被他那些族人敦促结婚,尽管他自己很不情愿。让他重新考虑他对婚姻的抗拒态度的方法之一,就是通过诗歌重塑其心灵。这有助

114

于解释莎士比亚系列诗文中的十七首十四行诗的第一组显然是写给一个自恋的年轻人的，这个年轻人对自己美貌和青春的过度迷恋甚至使他不愿步入婚姻的殿堂。但这些诗歌并没有责备年轻人的自恋，相反，这些诗采取的策略是指出，真正的问题在于他还不够自恋。提供解决的方法是通过想象的孩子复制一个年轻人自己的形象，因为孩子在当时作品中被广泛地描述为其父母的"翻版"——强调两种意义上的"复制"（reproduction）：生物学上的再生产和艺术上的复制。呈献十四行诗系列的部分动机至少是这些诗歌将对读者——诗为其而赋的某个特定的对象——产生直接效果，并且在阅读这些诗作时，读者将本身与诗中描绘的年轻人加以认同，从而改变自己的行为。这个想象出的孩子滋养着这份想象的认同。这是大部分文艺复兴时期诗歌的希冀。在 16 世纪 80 年代早期，在菲利普·锡德尼爵士（Sir Philip Sidney）的《阿斯特菲尔和斯特拉》（Astrophil and Stella）中也发现了类似的看法。这一系列诗歌被认为是莎士比亚之前最著名的英文十四行诗系列。这提供了莎士比亚的另一种意象，即对身边那些业已存在的文化作品

115　的借鉴和利用。

　　想象力参与这个过程在于试图激发读者对所描述人物富有想象的认同，但在另一种意义上，这些爱情诗也对想象敞开了大门。事实上，许多最著名的十四行诗系列已经脱离了它们原来创作时的叙事背景，成为异性恋情欲的表白（它们在当今的英国常被用于印制各种情人节的卡片）。正如格林布拉特所指出的，这种表达始于 17 世纪 20 年代。也如他所说的，"这种富有想象力被转化的才能，似乎是诗人自我设计的一部分，是

他在这种特殊游戏中高超技艺的展现"(2004：235)。十四行诗为两类不同的读者而构思：第一类，是指某个特定社会成员圈子，他们在诗文的"人物角色"中看到了自己；第二类，是指更为广泛的社会读者群，他们被这些精心策划的角色所吸引，但不能确凿地辨认出诗中的人物身份，而只能自己去进行种种揣测、辨别。因而，十四行诗既具私密性，又具社交性。一方面，它们强烈地向某些特定的成员致辞；另一方面它们又显然令那些试图去识别诗中人物身份的"局外人"深感失望，且那些局外人被谴责为"在对传记的臆测之阴影中摸索、推断人物生平情况"(2004：235)。想象力促使读者揣测，但想象也会在传记的未确定点填补这些空隙。

格林布拉特，正如我已经表明那样，乐于沉溺这样的猜测。这是因为当各种记录未能提供确凿的信息，也几乎无其他信息得以求证。的确，关于莎士比亚和南安普顿伯爵的相识，他清楚地给我们列举了一些可能存在的情况。尽管他们两者的社会地位相差悬殊，但格林布拉特如此描述了两人如何得以相见的可能情景。南安普顿伯爵经常去剧院，因此：

在其中的**某个**场合，莎士比亚在戏剧中出色地表演**或者**作为作家的横溢才华，**或者**朝气蓬勃的堂堂仪表打动了他，于是南安普顿伯爵**很可能**在演出后从容地来到后台去结识他**或者**要**某个共同的朋友**介绍他们认识，或者就直接霸道地招呼他前来见面。(2004：228 强调为本书作者所加)

　　如果他们确实曾经相遇的话，若基于他们第一次相遇的可能年份——1591 年或 1592 年，那么格林布拉特就被迫推断出其他的一切情形。看看这句引语的措辞吧："在其中的某个

116　场合"——具体日期无法确知。可能是莎士比亚的表演吸引了伯爵对他的关注，或者可能是他作品的特色，又或许是他的容貌。因而，也许南安普顿伯爵去了后台，也许他们有一个共同的朋友，但是我们不知道是谁介绍他认识的，又或许他只是召唤了他。对这段文章进行一种不太大度的阅读将表明，关于他们相遇的流言，本段文字几乎没有提供什么可靠的信息，而只留下了一系列的空白点——什么时候发生的、发生了什么、涉及谁、发生在哪里、如何实现的，但那样的话，我们就不能理解格林布拉特的叙述风格，也错失了他的要点了。他知道，无疑这全都是靠不住的；但他也知道，这些是我们将得到的最佳表述，而且不论是通过将事实隐藏在大胆地断言之后，还是在那些必须保持其开放性的各种选择中做出抉择，我们都将一无所获。

　　在传记写作中，想象的活动受到一些限制，然而，在本章中的一个关键性时刻，格林布拉特却坚持认为：

　　　　传记作者常会屈从于诱惑，将这些事件的暗示转化为充分展开的传奇式浪漫情节，而这样做需要他们抵御住每一首诗的强大吸引力。莎士比亚——他拥有才华横溢的文学天才，叙述毫不费力，看似神来之笔一样——确信他的十四行诗将不会显露出完全连贯的情节。

（2004：247）

　　这些十四行诗的叙事空白开启了读者植入插入意义的空间——通过想象，正如我们关于莎士比亚生平的各种认知空白会以类似的方式激发我们去填补一样。但是我们不得不留心，填充这些空白，我们希望得到什么。作为一个十四行诗的编辑，史蒂芬·布斯（Stephen Booth）机智地说道："威廉·莎士比亚几乎可以肯定是同性恋、双性恋，或者是异性恋。这些十四行诗在这件事上没有提供任何相关证据"（Booth 2000：548）。那"几乎可以肯定"是让人难以置信的。同样，格林布拉特的想象行为也是一种对批判性的或叙事性的忠实，但是它们也是一种叙述方式，它产生自档案文件留下的各种空白中，产生自整体叙述的各种漏洞中。

　　因此，想象力都会以辩证的方式进行运作，不管我们是否考虑生活与艺术之间的关系，或者诸如炼狱类观念背后的各种极具想象力的资源。世界赋予我们各种不得不被理解的体验，并激发起我们去了解的欲望。但这些经验也驱使我们去思考另一个世界，一个他者的世界——那是一个不同的世界，或许它比我们的世界更好，或许仅仅是陌生的而已。这些其他的各种世界是被构建起来的，是想象力的诗意行为，但是我们在思考时所用的种种意象也使我们以某些特定的方式表现出来，甚至达到了生理反应的程度，像大笑、疾病和死亡等。想象为了自己的内容从世界汲取营养，但是它也塑造我们对那些内容的理解，引导着我们的反应。因而想象力既是再生产性的（reproductive），也是能产的（productive），它遮挡了真实并在真实事物之上投下了一道阴影。想象有自己的历史，但是在某种意义上说，历史也总是被想象出来的。

小结

　　在格林布拉特的最新著作中，他进一步阐释了想象力概念的运用。这一概念的历史导致想象被看作感性与理性之间的桥梁，但也被发展成为一股塑造生活的强大力量。在《炼狱中的哈姆雷特》中，炼狱得以被诗意地展示，莎士比亚的戏剧就吸取了这诗意的一面。最明显的是体现在对《哈姆雷特》的鬼魂的论述中，因此戏剧呈现出一种宗教的张力。当格林布拉特在《俗世威尔》一书中描写关于莎士比亚的生平经历时，他强调，在试图理解莎士比亚的想象力时，作为传记作者，他需要借助自己的想象力；而且同时也表明莎士比亚自己文本的种种表达方式——尤其是十四行诗——是在邀请读者们运用想象力来填补那些叙事空隙。因而想象力是再生产性的——将这个世界及其物体再次呈现出来；想象力也是能产的，形成一个在"现实"中并不存在，也不可能存在的世界。

格林布拉特之后 119

　　考虑到本书所探讨的主题，最后一章始于一则趣闻逸事是最好不过的。1997 年，伦敦大学召开了一场主题为"新历史主义之后"的学术会议，汇聚了斯蒂芬·格林布拉特、凯瑟琳·盖勒赫等新历史主义的主要理论家。会议开始不久，在仅仅宣读了一两篇论文之后，就有一位与会者提议，至少在本次会议中，我们必须要以在艺术史上绘画被描述为"后霍尔拜因（After Holbein）"或是"后伦布兰特（After Rembrandt）"那样的方式来理解"新历史主义之后"，至少是在那次会议的语境内需要这样去理解。也就是说，在这点上，"之后"一词意味着格林布拉特及其追随者的著作存在一定程度上的相似性，或者至少说它们都有着相同的风格。如果以这种方式来解读"格林布拉特之后"这个短语的话，情况会怎样呢？

　　对我来说，列举一些与格林布拉特和新历史主义有着明确或隐秘联系的评论家和他们的作品是一件轻而易举的事。正如史蒂文·穆勒尼（Steven Mullaney）在其《新历史主义之后》（"After the New Historicism"）一文中所提到的那样：

> 　　像任何一种名副其实的开创性工作一样，格林布拉特提出了种种可供后续分析的新主题和参数（决定因素），以及可供人们质疑和讨论的一些新术语。格林布拉特的批评者们……有时候未能承认，其实在很大程度上，他们之间的区别都有赖于格林布拉特（和其他人）使之成为可能的那一领域的转变。
>
> （Mullaney in Hawkes 1996：28）

120   在本书的"深入阅读"部分，我从至少有好几页的潜在书单中，仅仅列出了少数最值得注意的书目。可以毫不夸张地说，新历史主义已成为近二十年来文学研究领域最具影响力的一场运动。它之所以会造成这种影响，部分是源于（新的或旧的）历史主义在社会体制中的地位，而该影响又因为依据新历史主义范式编写的教学文集的出现而得以最好的促进和拓展。其中最突出的是广为使用的《诺顿英文选集》（Norton Anthology of English Literature）和《诺顿莎士比亚选集》（Norton Shakespeare）。当然，这些著作都是由史蒂芬·格林布拉特本人主编的。

在对《诺顿莎士比亚选集》所进行的冗长的总体性介绍中，格林布拉特首先邀请读者思考一下莎士比亚世世代代吸引读者的魅力的"所有"方面，但在第一部分的结尾处他果断地笔锋一转：

莎士比亚的艺术成就实际上没有尽头也没限制，但是它易于识别、具有地域性、拥有历史渊源，莎士比亚的成就蔑视超越时空与受时间所限之间那种很容易出现的对立。人们实在没有必要在下面两者之间做出选择：或把莎士比亚描述为某一特定文化的继承者，或将其描述为一个世界性的天才——他创作的作品跨越民族和时代的疆界，不断地更新自我。相反，理解他那超越其诞生时代和地域的非凡艺术魅力之关键，在于那种艺术得以生发的那片土壤本身。

(1997: 2)

　　然后，作者紧接着用七十多页的篇幅去介绍莎士比亚当时生活的世界以及现代早期表演和印刷的情况。毫无疑问，读完本书中论述格林布拉特所提出的一些重要概念的几个章节，你将意识到这段引文中许多术语的意义，绝大多数很显然涉及跨越学科界限，也涉及艺术萌生的土壤和对那片滋养独特天才伟大思想的土壤的偏爱。我们不确定是否是格林布拉特为《诺顿英文选集》第八版作的序（因为那里没有署名），但从开头的句子里我们就可以找到一些线索："英国文学的涌流溢过了所有的边界……"（2006：页码随版本不同而不同）。在接下来的一段中，读者会发现文学和所谓非文学之间的种种界线不断受到挑战和被重新绘制。无论是否直接出自格林布拉特之手，这个论点显然可以被看作是新历史主义手法的一个例证。

　　然而通过教授这些文集，使格林布拉特的思想对学生们施加影响是一个显而易见的途径。尽管如此，由于缺乏对新历史主义研究的系统方法论程序，当人们想尝试去评价格林布拉特对其他批评家的影响程度时，问题就变得更加复杂。正如盖勒赫和格林布拉特所说的——当然也不是没有一些诙谐的自嘲：

　　　　多年前，我们在现代语言协会的年度工作一览表上第一次注意到英语系正在招聘新历史主义的专家时，我们的反应是难以置信。这个还没有真正存在的东西，这个仅有极少几个词指向一种新的阐释实践的东西，怎么可

能就变成了一个"领域"呢？这是什么时候出现的事儿？我
们之前怎么没能注意到呢？如果这的确是一个领域，谁可
以宣称是这个领域的专家？其专业知识又在于何处呢？当
然，在所有人当中，我们最该对新历史主义的历史和原则
略知一二，但我们首先要知道的是它（或者可能是我们）
抵制系统化（systematization）。

（2000：1—2）

　　任何试图追随格林布拉特的人都必须要遭遇这种抵制。
这是实情，因为格林布拉特的著作本身从如此多学科的浩瀚
资源中汲取丰富营养，他并不像一些思想家那样倾向于创造
新术语。当他人使用的术语与他本人的相似时，是他们从他那
吸收了这些术语，还是取自于他找到这些术语的资源，这点并
不总是那么显而易见。一个批评家受到某人影响的那些痕
迹——打个比方说，当一个评论家使用雅克·德里达的术语诸
如"增补""延异""药""处女膜"等时，这种痕迹通常会立即显现
出来，因为德里达赋予了这些术语以非常具体的含义。相反，格
林布拉特的影响则不那么容易追踪到，尽管诸如"自我塑形"
"社会能量"以及"文化诗学"等类的短语也十分引人注目。格林
布拉特的影响更容易从其他评论家的分析中被找到，也更容易
被从文学和非文学素材的并置关联之中找到，更容易从对奇闻
逸事的使用中觉察到，更容易从对那些文化生产的要素的凸显
中找到；这些文化生产的要素未能融合进某个体制或者世界
图景，目的是为了重铸那个时期的叙事和文化。

　　在撰写本书的这一部分时，我所发现的另一个问题——

的确就本书总体而言——就是历史史实的结果。史蒂芬·格林布拉特仍然健在人世。就这一点而论，在格林布拉特之后会发生何事的任何想法都将令人高兴地被搁置一边。但我还是认为，这将永远被悬置起来，因为预测将来的世世代代将如何理解格林布拉特的著作是不可能的，并将仍然保持为不可能的状态。正如格林布拉特敏锐地意识到莎士比亚的著作被带入种种新的语境和实践中就会不断更新自我一样，因此，他自己的作品也必须同样地对种种转化和变形敞开大门，并且这些改变都无法被他或我，或被你彻底地编程和完全地预测。

　　当然，也存在另一种思考"格林布拉特之后"这一思想的方式，它也来源于完全不知道格林布拉特的著作结局将会怎样的想法。也就是说，谈论格林布拉特"之后"可能会被当成这样一种暗示：一些人依然在尽力弄懂格林布拉特著作论述了什么，他们跟随他、追寻他，可能就如警察追逐犯人那样。在这种意义上，在某人之后就是想从那人身上获得些东西，想为这些东西做些什么或者是利用这些东西来做些什么。因为格林布拉特的著作主要关注莎士比亚以及早期的现代文化，在这一章余下部分里，我将试图勾勒一下一些评论家们尝试去"把握"格林布拉特的方法：要么通过提供对他著作的评论去理解其作品，要不然就是尽力发现他的作品有可能被引入种种新领域和其他趋势的那些方法。每一种情况下，那些追随格林布拉特的人既模仿他，又不模仿他。他坚持关注文本和文化艺术品的独特性和偶然性，这意味着，任何仅仅对他的著作去"做格林布拉特将要做的"这种企图，将会完全抓不住格林布拉特著作的要领。在这个意义上，格林布拉特不应该有任何追随者。

总是历史化抑或只是历史化？

　　新历史主义怎么样啦？琳达·查恩斯（Linda Charnes）在一本既追随又抵制新历史主义的书中一针见血地指出：“有太多的研究文艺复兴时期文化的学者在那条重要的训诫——总是历史化——中，读出的却是‘只是历史化’”（1995：15）。查恩斯进而支持一种“新歇斯底里主义”（new hystericism），这一说法标志着她与新历史主义实践的接近和疏远——既回应了新历史主义，但又取代了新历史主义。在查恩斯的著作中，这种置换来自于一些新历史主义实践和其他种种理论探索形式的结合；新历史主义对于这些理论探索的形式，包括精神分析和解构方法等，是倾向于抵触的。格林布拉特著作中有关这方面的标志，可以在其著作《炼狱中的哈姆雷特》中论述雅克·德里达（1994）和马乔里·加伯（Marjorie Garber, 1987）的那一部分找到，德里达和加伯的著作都曾论及哈姆雷特、鬼魂和物质性。尽管两本书似乎值得进行更为充分的讨论，但格林布拉特只是在脚注中简单地提及他们（Greenblatt 2001：297, nn. 16 and 17）。同样，乔纳森·戈德堡（Jonathan Goldberg）也忧郁地提出：

　　　　“理论”的死亡——或者换个更好的说法，理论前景的死亡，尤其是在早期现代研究中——促动了“理论之后”的发展；但也可以说是理论之前。新历史主义只要还在被实践着，那么它与旧历史主义就几乎是难以分辨的。

　　　　　　　　　　　　　　　　　　　　　（2003：X）

　　戈德堡对"理论之后"这一说法的使用对理解"格林布拉特之后"可能意味着什么具有启发性。查恩斯和戈德堡二人都注意到的是一种对深受理论激发的历史主义观点的偏离。作为对戈德堡的回应，我们可以说，很多来自格林布拉特之后的人可以被看作是来自格林布拉特之前，那么在他们试图历史化（但也许是仅仅去历史化）的过程中，他们又回归到了这样一种位置：他们恰恰丢失了新历史主义的"新颖"之处。

　　在真正陷入理论之前，却退隐到一个显然是前理论的状态。要想给这种情形举几个例子也并非难事。新历史主义对理论的探索和使用，尤其是对福柯的著作探索使用，仍然是其遭人诟病的主要原因之一。正如布莱恩·维克斯（Brian Vickers）在一篇十分典型的对他所谓的"当代文学理论"的猛烈攻击中宣称，所有理论驱动的阅读都是时代错乱的，而"时代错乱扭曲过去以适应当下的种种奇思怪想"（2002：541）。这当然也意味着，维克斯拥有着对过去的毫不失真和未经调和的观点，这才使得他能够判断别人的种种扭曲和失真。然而，同样也有一些人认为新历史主义还不够理论化。例如，汤姆·科恩（Tom Cohen）就曾经指出："在当今，随着新历史主义对指涉的种种语义储备和推测性模仿的重新利用，我们很容易将其自身看成是一种里根主义现象"（1994：2）。某些评论性工具的展开和部署不仅在批评上很保守，它们在政治上也属于保守主义。在上述评论中，科恩正试图（不论是多么的短暂）将新历史主义进行历史化。新历史主义也有些不纯的地方：对于那些投身于后结构主义和解构主义的人来说，它太过于历史主义了；对于偏好"不用理论支撑的历史"的那些人来说，它又不够历史主义。在接下来的几页中，我将快速简要地介绍一些评论家们都是如何回应新历史主义的这种不纯洁性的。

新唯物主义

　　新历史主义实践的最显著特征之一就是回归档案文献。它把文学的各种范畴延伸到包含非文学和种种奇闻逸事材料的过程中，它对档案资源的如此关注见证了与经典文学文本相结合的各种文本的激增。这一过程伴随着这种思想而生：文化生产作为一种物质实践，产生了一种被称为"新唯物主义"（new materialism）的东西，这是一种新的批评模式，也常被描述为"新新历史主义"（new new historicism）。

　　现在我只举一个例子。大卫·凯斯坦（David Kastan）在《莎士比亚与书》（*Shakespeare and the Book*）中指出：

　　　　阅读一首由作者亲手以笔墨写在一张纸的诗歌，并不等同于这"同一"首诗被印在诗人全集里来阅读，或者是发表在《诺顿》文集里来阅读，甚至或是在线阅读。不仅会发生一些所谓文本的意外情况，可能会使其发生改变（甚至是一些更为显而易见的实质性东西），而且它们呈现自我的种种模式和基本环境也不可避免地成为诗歌之意义结构的一部分，也就是说，成为那些决定它是如何被理解和被评价的东西的一部分。

　　　　　　　　　　　　　　　　　　　　　　　　（2001：2-3）

　　这并不仅是说，不同实体形式的文本看上去将会不同——凯斯坦所说的"意外情况"主要是指拼写上的、排版上的错误等，并不是直接表示其具有不同的意思——但是这里也将有一个附着于该文本的不同意义，因为举例来说，它是一个手稿而非是一本书，或者说，它产生自它被呈现的方式。正如玛格丽塔·德葛拉齐亚（de Grazia, 2001）所说，在阅读早期现代的材料时，既有必要看透文本，也有必要瞧瞧这些文本本身。凯斯坦自己开玩笑说，这种通过分析早期现代文化中的客体而非主体来进行研究的唯物主义方法，使人们产生了去关注那些通常不太令人振奋的档案文献资料的必要性，因此，将它命名为"新的乏味品"或许更加合适。然而，这部著作强调的是这样一个事实，即文本不是以传达作者意图的理想形式流通，而是作为具有具体特征的实体性的和物质性的商品流通。正如格林布拉特在其著作中所言，这本书被认为是一部"技术性"著作，并与时空之中的某一特定时刻的文化生产的其他形式密切相关。

在凯斯坦看来，这种朝着作品物质性生产的转向是"历史地"解读莎士比亚的更为广阔计划的一部分。凯斯坦希望"将莎士比亚的艺术性还原到其实现的最早状况"，也就是，要"将他的著作复原到它们被创作、被交流之时的种种想象的和现实的具体情形"（1999：15-17）。凯斯坦强调莎士比亚著作的生产和接受条件，希望自己能够对立于种种对于早期现代文化的理论阅读，特别是他把批评家的"稳固立场"（situatedness）观念视为他自己作品和新历史主义批评家的作品之间的差异之处；在这种稳固立场中，一个批评家十分清楚自己在世界中所处的位置，正如格林布拉特所经常做的那样。

这种新唯物主义与文化唯物主义（cultural materialism）几乎没什么共同点，主要是因为似乎支撑用来支撑新唯物主义的物质性概念(concept of materiality)已经远远脱离了马克思主义思想之根，物质性实际上被用来谈论对象以及所谓的客观事实。在这个意义上，它本身关注的是对象的"日常"生活，而不是为这些对象和社会组织的形式之间的关系提供某种理论性解释；那些对象就是在这些社会组织中被产生、消费和交换的。请参阅布鲁斯特、德葛拉齐亚和海瑞斯等人的著作（Bruster 2003：191–205; de Grazia et al. 1996; Harris 2000）。

当下主义

正如我在本书前几章中所谈到的，格林布拉特的著作时不时地会包括一些关于当代文化的较为明晰的评论（正如在《共鸣和惊奇》一文中那样），尽管他坚持探索一个文本诞生的条件，以及该文本及其各种语境之间的关联和商讨。在这点上，他的著作属于凯斯坦所反对的那一类。然而，许多新历史主义的著作几乎都没太意识到一个批评家产生她或他的论述的那一时刻，而这种状况也导致了被标识为"当下主义"(presentism)的思潮的诞生。当下主义，与其说源自新历史主义，不如说衍生于文化唯物主义，其典型的特征是致力于探讨当下的政治问题和文化问题。当下主义批评家们在历史地阐释方面明确地将自己与凯斯坦所表述的观点拉开距离。特伦斯·霍克斯(Terence Hawkes)认为，恢复过去的真实情景是不可能的[注意，凯斯坦使用了"还原"(restore)一词来表达自己的观点，表示这或许是可能的]，他指出，其中一个问题在于对有关过去文学文本的创造和接受状况的吁求。正如霍克斯所述,事实并不能为自己说话,文本也是如此。筛选事实、挑选文本总是由评论家们来做的,也总是评论家们将它们付诸使用的。这样看来,并没有一条直接的、未经中介调和的通往过去的途径;不论程度或大或小,过去总是被那些关注过去的研究者们所塑造。霍克斯因而指出,最好是把形塑这种研究的视角明确地公布出来。然而,在这里出现了对格林布拉特的著作中的另一个重点的强调。正如霍克斯不露声色地指出的那样,一种将当下对有关过去的批判性话语所产生的影响纳入考虑范围的莎士比亚批评,"是不会渴望与死人对话的。它最终的目标是与活人交谈"(Hawkes 2002:1-4)。因此,在霍克斯看来,新历史主义还是不够当下主义的;而对于凯斯坦或简·马库斯(Jane Marcus)而言,新历史主义则是太过于当下主义了(see Marcus in Veeser 1989)。

新审美主义

　　虽然格林布拉特总是毫无保留地表达他对文学的热爱,以及文学对他所产生的巨大影响力,但很多批评家还是对他的一点做法感到头疼:他坚信艺术与文学是更为宽泛的文化生产形式的一部分。有人指出,这种对文化的强调似乎遗失了一些东西,那就是作为一种审美现象的艺术的特异性。在分析艺术、政治、意识形态、社会以及主体性等的关系时,人们似乎容易忽视艺术毕竟是艺术这一事实。尤其是,为不仅仅是文化之一部分的艺术留下一片空间,这是有哲学上的原因的。这起源于一次哲学上的辩论,特别是 J. M. 伯恩斯坦(J. M. Bernstein)以及安德鲁·博维(Andrew Bowie)的著作,它曾被研究早期现代的批评家及其他批评家当作一种反思新历史主义各种假设的方法。在为一本名为《新审美主义》(*The New Aestheti-cism*)的论文集引言中,约翰·乔因(John Joughin)和西蒙·玛尔帕斯(Simon Malpas)提出"对于现代性的充分思考要求进行美学的研究;相应地,要想讨论艺术和文学对当代文化的影响,就需要将该文化置于它与现代政治史与现代哲学史的关系之中"(Joughin and Malpas 2003:9)。这一点十分重要,因为批评家如果希望彻底搞清楚早期现代的任何思想,那么这明显与现代性的定义有着某种联系(关于本书早期现代文学的讨论,请参阅 Dollimore,Joughin,和 Robson 的文章)。有趣的是,格林布拉特曾在 2005 年的美国莎士比亚协会全体大会上发表了一篇名为《美的标记》(*The Mark of Beauty*)的论文,因此似乎他近期的工作都将明确地与种种美学问题密切相关。

新历史主义还有未来吗?

新历史主义曾经不止一次地被宣告死亡。但是关于这些宣判,却存在着某些深刻的历史主义原因,因为它们意味着思想与思维模式既是特定文化时刻的产物,同时又受到该特定文化时刻的遏制。新历史主义自身给我们理由,让我们认为这是不够的。然而新历史主义已经过了它的"有效期"的印象,依然存留在人们的脑海中。正如道格拉斯·布拉斯特(Douglas Bruster)所指出的那样,"新历史主义能被看作一件过去的事物,恰恰是因为它的许多假设和实践都已经变成了今天的标准,因此我们身在其中却对其难以察觉了"(Bruster 2003:29)。

无论人们是否称自己为新历史主义者，无论人们是否使用诸如"自我塑造""社会能量"这些术语，格林布拉特作品的深深的影响似乎都坚定地植根于文学研究之中了；而对那些发出所谓新历史主义已死、已终结声明的人们，也不能看得太过认真了。

延伸阅读

这份注解性的参考书目将被分成三个部分。首先是格林布拉特的主要著作，包括没有收入其著作中的单篇论文；其次，我自己筛选出了新历史主义的著作、文集和选集，它们或者是由格林布拉特和其他批评家所编，或者是以格氏等人的作品为主并由他人所编的。最后，我又找出了一些十分适合学生阅读的对格林布拉特和新历史主义的批判性著作。

斯蒂芬·格林布拉特的著作

——（1973）*Sir Walter Ralegh*：*The Renaissance Man and His Roles*, New Haven, CT: Yale University Press.

本书在某种意义上是《文艺复兴时期的自我塑造》的先驱性作品，该书基于格林布拉特的博士论文，分析了伊丽莎白统治时期的著名侍臣沃尔特·雷利爵士（Sir Walter Ralegh），力图去探索雷利试图"将其自己的身份塑造为一件艺术品"的种种方法。格林布拉特聚焦于雷利生活中的各种矛盾、他与所居住的世界之间的错综关系，以及在思索雷利的生活之时，生活与艺术之区别的不充分性，等等。诸如角色扮演（role-playing）和戏剧性（theatricality）等思想对于格氏的论点都是至关重要的，并使人产生出这样的感觉：雷利的计划是在他登上断头台、在被处以极刑之时进行最后的表演之后才真正实现的。

——（1980）*Renaissance Self-Fashioning*：*From More to* 130 *Shakespeare*, Chicago, IL: University of Chicago Press.

本书初步奠定了格林布拉特的名声，这经常被看作是新历史主义在文艺复兴文学研究中占据主导地位的起点。格林布拉特在此书中熟练巧妙而又细致入微地分析了托马斯·莫尔、威廉·廷代尔（William Tyndale）、托马斯·怀特（Thomas Wyatt）、埃德蒙·斯宾塞（Edmund Spenser）、克里斯托弗·马洛（Christopher Marlowe）和威廉·莎士比亚等著名作家的经典性文本，格林布拉特在此书中设计出了他影响深远的"自我形塑"（Self-Fashioning）的观念。由于该书范围深广、内容厚重，至今仍是研究其著作的最佳起点，而且从很多方面看，该书仍旧是其最为重要的作品。

——（1988）*Shakespearean Negotiations：The Circulation of Social Energy in Renaissance England*，Oxford：Clarendon Press.

《莎士比亚式的协商》或许是格林布拉特著作中引起争议最多的一部著作。其中最为出名的一章为"隐形的子弹"，该文出现在多部文集中，它包含着关于颠覆与遏制（subversion and containment）等至关重要的论点，这一论点自该文发表之时就不断地以一种明晰的方式提高了新历史主义实践的政治维度。该书的核心概念"社会能量"（social energy）不仅允许格林布拉特开辟了一块新的领地，使他能够将莎士比亚的文本与非文学文本并置阅读，为本来有可能貌似相当任意随性的关联提供了理论基础，而且这一概念也促使人们超越早期现代时期，去思考莎士比亚及其文本是如何持续不断地在后世发挥作用的。

——（1990）*Learning to Curse：Essays in Early Modern Culture*，London and New York：Routledge.

此论文集收集了作者 1976—1990 年间的论文。文集包括了格林布拉特有关方法论的一些最重要的论述，包括他力图勾勒文化诗学之观念的尝试，以及将这种诗学关联于其他的批评模式如精神分析和人类学等的尝试。该文集涵盖了莎士比亚、马洛、殖民主义和反犹主义等题目。最为有趣的篇目是《精神分析与文艺复兴时期的文化》《通往一种文化诗学》和《共鸣与惊奇》。该文集可以作为一本有用的启蒙读物，引导读者去进一步研究那些建立起新历史主义的著作。不过，现在该书或许已经被《格林布拉特读本》取代了。

——（1991）*Marvelous Possessions*：*The Wonder of the New World*, Oxford：Clarendon Press. 131

在该书中，格林布拉特比在其他大多数作品中带上了更加明确的犹太人传统，它探讨的是关于耶路撒冷及其宗教维度和政治维度的早期现代话语，这些话语充满着矛盾和张力。该书是基于一系列讲座而后编纂而成的，因而十分具有可读性。它探讨的主要是曼德维尔（Mandeville）和哥伦布（Columbus）等人写的游记，这些关于旅行的叙述详细描述了欧洲旅行者和新世界的居民之间的遭遇。该书对于重新思考模拟（mimesis）的思想尤为重要，它对惊奇也有细致入微的探讨。

——（1997）"What is the History of Literature?", *Critical Inquiry* 23, 460–81.

格林布拉特试图在其题目中就回答这一问题，他就"文学"与"有文化"（literacy）之间的关系做出了很有价值的观察，按照对这两个范畴的具体的历史性理解，对它们都做了细致的审查。而这反过来又关联于在现代学术机构中教授文学的问题。文学与读书识字也参与到社会地位的定义和重新定义中去，通过对这种定义和重新定义的方式的关切，他对培根、莎士比亚和美国高校体系进行了评价。该书也含有已写有关作者事业早期和犹太人身份的有趣逸事。

——（2000）*Practicing New Historicism* （with Catherine Gallagher），Chicago，IL: University of Chicago Press.

该合著不但为读者提供了一些典型的新历史主义实践的章节，而且还对促动新历史主义的种种影响和关切点做出了清晰的解释。虽然两位作者都声称该书是合写的，但其中的三章（第一、第三和第五章）被认为最有可能是格林布拉特所写的，因为第一和第五章最初先是作为论文由格林布拉特单独冠名发表过的。该书提出的引人注目的一点是，他们的新历史主义实践的最为显著的源泉是德国浪漫主义哲学家约翰·戈特弗里德·赫尔德（Johann Gottfried von Herder），该书就新历史主义和美学之间的关系问题提出了一些新的问题。

——（2001）*Hamlet in Purgatory*，Princeton，NJ: Princeton University Press.

该书追溯了莎士比亚的名著《哈姆雷特》在中世纪和早期现代时期丧葬习俗中的根源，强调了人们对炼狱不断变化的态度。该书中有一些关于鬼魂、附体、想象力和信仰与可信性等问题的十分有趣的材料。该书虽然不是格林布拉特所有著作中最具可读性的,尤其是最初的几章,但该书还是为读者思索这部受到无数评价的戏剧提供了一条令人神往而又别出心裁的路径。

——(2004) *Will in the World*: *How Shakespeare Became Shakespeare*. London: Jonathan Cape.

该书有点儿像是一个格林布拉特事业中的一次令人吃惊的转折,或许这是因为该书在很多方面看来都是一部十分传统的传记。不过更为合理的解释是,当格林布拉特担任现代语言协会(MLA)主席时,他曾经提出,学术批评家也应该尝试让更广范围的非学术界读者去读懂他们的作品,而该书就十分符合这样的思路。不过,这本极具可读性的著作在莎士比亚传记中令人耳目一新的却是因为该书坚持了在生命书写中想象力的必要性。

——(2005) *The Greenblatt Reader*, ed. Michael Payne, Oxford: Blackwell.

该论文集是初次接触格林布拉特著作的最佳出发点。它为读者见识其著作的范围之广提供了很好的机会。该书既包括他最为著名的作品中的章节, 也收入了一些之前从未发表过的论文。该书分为四个部分,内容涵盖了文化和新历史主义、文艺复兴时期研究、莎士比亚研究以及一些零散论文。该文集还包括编者的一篇简要引言和一份十分有用(尽管也不是完全准确)的参考书目(1965—2003)。

新历史主义与文化唯物主义

Dollimore, Jonathan （2004）*Radical Tragedy: Religion, Ideology and Power in the Drama of Shakespeare and his Contemporaries*, 3rd edn, Basingstoke: Palgrave Macmillan.

　　该书是关于文化唯物主义的最为重要的著作之一，最初出版于 1984 年。多利莫尔在著作开始就对很多阅读和思考悲剧的常规方法提出了挑战，接着又解读了马斯顿（Marston）、马洛（Marlowe）、琼森（Jonson）、莎士比亚、韦伯斯特（Webster）以及其他作家的戏剧。该书的第二、三版十分有用，它陈述了该书写作和被接受方面的历史；从这三个版本我们就可以看出文化唯物主义所经历的命运。在第三版的引言中，多利莫尔重新评价了他自己原来的计划，同时也将其与随后的一些事件，包括"9·11"事件，联系起来加以探讨。

Dollimore, Jonathan and Alan Sinfield （eds）（1994）*Political Shakespeare: Essays in Cultural Materialism*, 2nd edn, Manchester: Manchester University Press.

　　该论文集既是文化唯物主义实践的典范之作，又是作为文化唯物主义这一项目整体的一份宣言。该书仍旧是思索文化唯物主义的最佳起点。第一版出现于 1985 年，包括了后来成为多利莫尔、辛菲尔德（Sinfield）、格林布拉特、布朗（Brown）、麦克卢斯基（McLuskie）和其他理论家的经典之作的那些论文；雷蒙·威廉姆斯还为该书写了"跋"。该书第二版又增加了多利莫尔和辛菲尔德的几篇论文。多利莫尔的引言尤其有用，它既讨论了文化唯物主义，又讨论了新历史主义。

Drakakis, John (ed.)(1985)*Alternative Shakespeare*, London: Methuen.

就像《政治的莎士比亚》(*Political Shakespeare*)一样，该论文集对莎士比亚研究，以及更广泛的早期现代研究，产生了巨大而深远的影响。该书不像《政治的莎士比亚》那样专注于文化唯物主义，它收录了受解构主义、精神分析和后结构主义的女性主义影响更为明显的一批论文，但它仍旧试图寻求为那时占主导地位的莎士比亚解读方式提供其他的选择。该文集包括了豪克斯(Hawkes)、罗斯(Rose)、贝尔西(Belsey)、巴克(Barker)和休姆(Hulme)以及多利莫尔和辛菲尔德的论文。

Greenblatt, Stephen (ed.)(1998)*Representing the English Renaissance*, Berkeley, CA: University of California Press.

该书是研究 16、17 世纪文学的论文集，格林布拉特在引言中指出，将这些论文凝结在一处的，首先是这些论文最初都发表在《表述》(*Representations*)期刊上，其次是这些论文都关注他所谓的"艺术领域"(the domain of art)，在这一领域内，对何谓文学的定义从未被看作是理所当然的。这些论文在某些方面也有分歧，但总体而言却有着共同的兴趣点。文集包括格林布拉特、费因曼(Fineman)、孟筹斯(Montrose)、穆勒尼(Mullaney)、奥杰尔(Orgel)以及其他一些与新历史主义有关的理论家的作品。

134   Montrose, Louis （1996）*The Purpose of Playing: Shake-
speare and the Cultural Politics of the Elizabethan Theater*,
Chicago, IL: University of Chicago Press.

该书是对表述（representation）政治的分析，尤其针对伊丽
莎白时期的专业剧场的地位。该书聚焦于莎士比亚的《仲夏夜
之梦》，强调了意识形态在文化生产中的运作。该书也包括对
新历史主义的方法论的一些思考等。

    Ryan, Kiernan（ed.）（1996）*New Historicism and Cultural
Materialism: A Reader*, London: Arnold.

该读本对初学者来说十分有用，一开始就列出了一些作
为新历史主义和文化唯物主义来源之作的摘录，包括吉尔茨
（Geertz）、福柯、阿尔图塞、威廉姆斯、德里达和本雅明等人的
作品。该书的第二部分包括了盖勒赫、格林布拉特、辛菲尔德、
贝尔西以及其他相关理论家的论文，它们就方法论进行了很
多讨论；该书的第三部分就如何解读不同时期的文学史给出
了一些实例。编者在其简要的导言中提出了一些十分重要的
问题。

    Veeser, H. Aram （ed.）（1989）*The New Historicism*, Lon-
don and New York: Routledge.

该书是一本十分厚重的文集，既有新历史主义的主要实
践者如格林布拉特、盖勒赫、孟筹斯和费因曼等人的论文，也
包括质疑，有时甚至是公然敌视新历史主义的文章。该文集既
追溯了新历史主义的基础，也回顾了批评者在早期对它的回

应。尤其参见了兰崔夏（Lentricchia）、格拉夫（Graff）、牛顿（Newton）、马尔库斯（Marcus）和皮卡罗（Pecora）等人的论文。

——（1994）*The New Historicism Reader*，London and New York：Routledge.

Wilson，Richard and Richard Dutton（eds）（1992）*New Historicism and Renaissance Drama*，Hemel Hempstead：Harvester Wheatsheaf.

该书与维瑟（Veeser）所编的前一部文集类似，也试图探究新历史主义这一领域；和上本书一样，也包括了一些反对新历史主义的文章。但这次是给出了一些新历史主义的例子而非对其做出回应。文集包括了格林布拉特、奥杰尔、盖勒赫、费恩曼和孟筹斯等人的文章，书中还包括了一份十分有用的参考书目，列出了新历史主义的著作以及对它们的讨论。

Wilson，Richard and Richard Dutton（eds）（1992）*New Historicism and Renaissance Drama*，Hemel Hempstead：Harvester Wheatsheaf.

这是一本十分有用的文集，包括格林布拉特的两篇文章（*Marlowe and the Will to Absolute Play and Invisible Bullets*）以及其他作者如巴克、贝尔西、多利莫尔、孟筹斯、谭能豪斯（Tennenhouse）等人的作品。该书也收入了简·郝沃德（Jean Howard）的文章《文艺复兴研究者的新历史主义》（*The New Historicism in Renaissance Studies*）、理查德·威尔森（Richard Wilson）的十分有用的导言和理查德·达腾（Richard Dutton）撰 135

写的思想深邃的跋，后者在文章中讨论了一些对新历史主义
和文化唯物主义的反对意见。

讨论格林布拉特的著作

Bradshaw, Graham（1993）*Misrepresentations*：*Shakespeare
and the Materialists*, Ithaca, NY：Cornell University Press.

该书情绪饱满、详尽细致，它试图使莎士比亚戏剧从新历
史主义和文化唯物主义对它们的解读脱离开来；正如其题目
所指出的那样，该书认为，莎士比亚的戏剧实际上受到了新历
史主义和文化唯物主义的贬损。虽然该书尤其反对格林布拉
特的研究，布莱德肖仍希望保留文化诗学这一思想。

Brannigan, John （1998）*New Historicism and Cultural Ma-
terialism*, Basingstoke：Macmillan.

该书是一部十分有价值的介绍性作品，它在第一部分对历
史主义进行了普泛性描述，在第二部分则对一些特定的文本进
行了个案分析，包括康拉德、吉尔曼、丹尼生和叶芝等人的著作。

Bruster, Douglas （2003）*Shakespeare and the Question of
Culture*：*Early Modern Literature and the Cultural Turn*, Basing-
toke and New York：Palgrave Macmillan.

这是一部十分优秀但却不太好读的著作。它追溯了作为
一个概念的文化在当代批评中的种种用途，并简要地分析了
新历史主义研究，并对这些研究是如何展开的提出了许多富
有启发性的建议。该书就理论讨论的现有形式及应该采取什

么形式，以及何谓扎实的证据等议题提出了很好的建议。笔者高度推荐该书，但对初学者则并不是必要的。

Colebrook，Clare （1997）*New Literary Histories*：*New Historicism and Contemporary Criticism*，Manchester and New York：Manchester University Press.

该书的题目有些误导人，因为它的抱负其实比题目所预示的要宏大得多。它包含了专门讨论格林布拉特和新历史主义及威廉姆斯和文化唯物主义的章节，但有些部分也讨论了福柯、布尔迪厄（Bourdieu）、德塞都（de Certeau）、阿尔图塞及其他人的理论。就这点来说，新历史主义差不多是被置于一种批判性思维的语境中的，新历史主义一方面连接于该语境，另一方面又和该语境不同。

Felperin，Howard （1992）*The Uses of the Canon*：*Eliza-* 136 *bethan Literature and Contemporary Theory*，Oxford：Clarendon Press.

笔者将该书列在这里因为它含有一篇讨论文化诗学和文化唯物主义的论文。该书在对早期现代时期的文本的解读方面深受解构主义的影响。探讨历史主义的那篇文章检视了很多否定性材料，它将新历史主义置于与历史哲学的关系中，并据此为读者提供了自己的质疑性评论。

Grady，Hugh （1994）*The Modernist Shakespeare*：*Critical Texts in a Material World*，Oxford：Clarendon Press.

该书只包括对新历史主义的一个简要讨论，但它却清晰地勾勒出了 20 世纪莎士比亚批评的不同脉络，这对研究在何处适合使用新历史主义极为有用。相对于新历史主义，格兰蒂的观点更接近文化唯物主义，他也曾经极力支持过最近的"当下主义"（presentism）运动。

Halpern, Richard（1997）*Shakespeare among the Moderns*, Ithaca, NY: Cornell University Press.

该书开篇第一章"莎士比亚在热带：从高度现代主义到新历史主义"（Shakespeare in the Tropics: From High Modernism to New Historicism）既有对格林布拉特的讨论——将其著述与像 T.S. 艾略特等现代主义批评家联系起来——又强调了下面两种解读莎士比亚的方式之间的连续性：一种是对莎士比亚进行的现代主义阅读——就莎氏作品在英国文学中的经典地位而言，这种阅读方法是将其作品"移位"（displaced）了；另一种方法就是新历史主义实践——它通过将莎士比亚的作品和一些非欧洲文化的他者文本进行对照阅读来使莎士比亚"移位"了。

Hamilton, Paul（1996）*Historicism*, London and New York: Routledge.

该书的跨度很大，从古希腊直到当今，并将新历史主义包括在内。该书在很多方面都十分出色，即使是对那些熟悉这一领域的人士而言，该书也是十分具有挑战性的，所以笔者并不推荐初学者阅读此书。但该书对我们来说非常重要，而且汉密尔顿的历史主义概念既十分严谨，又具有十分宽广的覆盖面，它包括了对弗洛伊德、德里达、后殖民主义、后现代主义和女性主义等问题的讨论。

Kelly, Philippa (ed.) (2002) *The Touch of the Real: Essays in Early Modern Culture*, Crawley: University of Western Australia Press.

该论文集是为向格林布拉特表示敬意而编写出版的，收入了澳大利亚学者的文章。它也包括格林布拉特的《种族记忆与文学史》一文，该文讨论了莎士比亚、简·奥斯汀(Jane Austen)等 137
作家，也包括了一些关于他来自立陶宛的祖父母的一些自传性逸闻趣事。

Pechter, Edward (1995) *What Was Shakespeare? Renaissance Plays and Changing Critical Practice*, Ithaca, NY: Cornell University Press.

佩西特在该书中研究了从 1960 年以来的莎士比亚批评，内含一章讨论的是格林布拉特和新历史主义，他虽然对新历史主义的政治持怀疑态度，但是他也承认，新历史主义的研究工作为我们思考和研究莎士比亚提供了新的方法，从而会产生积极的影响。

Pieters, Jurgen (2001) *Moments of Negotiation: The New Historicism of Stephen Greenblatt*, Amsterdam: Amsterdam University Press.

该书是第一本研究格林布拉特著述的著作，它不仅详细梳理了格氏的研究以及他所分析的各个文本，而且还探析了格林布拉特著述的理论背景。该书也包括了对其他很多批评家的评述；但由于所涉面极宽，虽然这一尝试值得赞赏，但其讨论也就不总是完全令人信服。

Pieters, Jurgen （ed.） （1999）*Critical Self-Fashioning: Stephen Greenblatt and the New Historicism*, New York: Peter Lang.

该书是一本主要由欧洲批评家撰写的论文集，从而提供了一种十分有趣的对照性视角，因为占主导地位的主要是英美批评界对新历史主义的讨论与接受。此外，该论文集还包括了乔纳森·海瑞斯（Jonathan Gil Harris）和戴维·肖克维克（David Schalkwyk）所撰写的颇具价值的论文。

Porter, Carolyn （1990） 'Are we being historical yet?', in *The States of Theory: History, Art, and Critical Discourse*, ed. David Carroll, Stanford, CA: Stanford University Press, 27–62.

这是一篇影响广泛、见解深刻的讨论新历史主义的政治的论文，该文赞同文化唯物主义，尤其是雷蒙德·威廉姆斯的著作。论文指出，历史化总是意味着某种政治立场，但是当她还在写作时，批评尚未成功地真正地历史化。

Strier, Richard （1995）*Resistant Structures: Particularity, Radicalism, and Renaissance Texts*, Berkeley, CA: University of

California Press.

　　该书作为格林布拉特主编的"新历史主义：文化诗学研究"系列丛书中一本，它对格林布拉特研究中的一些观点和所产生的后果提出了质疑，尤其是第四章"新历史主义"，该 138章主要探讨了文艺复兴时期的自我塑造以及格氏的其他几篇文章。

　　Wison, Scott (1995) *Cultural Materialism: Theory and Prac-* 138 *tice*, Oxford: Blackwell.

　　该书中有一章专门研究文化唯物主义，另有一章研究格林布拉特和新历史主义。该书其余的大部分章节都对这些运动的种种假设提出了挑战，其途径主要是借助乔治斯·巴塔耶（Georges Bataille）的著作。同样，该书也不是介绍性的，但总体是观点清晰、发人深省的。

参考书目

Adorno, Theodor W. (1991)*Notes to Literature*, vol. 1, trans. Shierry Weber Nicholsen, New York: Columbia University Press.

Anderson, Benedict (1991)*Imagined Communities: Reflections on the Origin and Spread of Nationalism*, rev. edn, London and New York: Verso.

Aristotle(1995)*Complete Works*, ed. Jonathan Barnes, 2 vols, Princeton, NJ: Princeton University Press.

Auerbach, Erich (1968)*Mimesis: The Representation of Reality in Western Literature*, trans. Willard R. Trask, Princeton, NJ: Princeton University Press.

Austin, J. L. (1976)*How to Do Things With Words*, Oxford: Oxford University Press.

Barthes,Roland (1989)*The Rustle of Language*,trans. Richard Howard, Berkeley, CA: University of California Press.

Benjamin, Walter(2002)*Selected Writings*, *vol. 3: 1935–1938*, *eds*. Howard Eiland and Michael W. Jennings, Cambridge, MA: Belknap/Harvard University, Press.

——(2003)*Selected Writings*, *vol. 4: 1938 –1940*, eds. Howard Eiland and Michael W. Jennings, Cambridge, MA: Belknap/ Harvard University Press.

Booth, Stephen(ed.) (2000)*Shakespeare's Sonnets*, New Haven, CT and London: Yale University Press.

Bossy, John (1985)*Christianity in the West 1400 –1700*, Oxford: Oxford University Press.

Bruster, Douglas (2003)*Shakespeare and the Question of Culture: Early Modern Literature and the Cultural Turn*, Basingstoke: Palgrave Macmillan.

Burke, Sean(1992)*The Death and Return of the Author: Criticism and Subjectivity in Barthes*, Foucault and Derrida, Edinburgh: Edinburgh University Press.

Caygill, Howard(1995)*A Kant Dictionary*, Oxford: Blackwell.

Charnes, Linda(1995)*Notorious Identity: Materializing the Subject in Shakespeare*, Cambridge, MA: Harvard University Press.

Cohen, Tom(1994)*Anti–Mimesis: From Plato to Hitchcock*, Cambridge: Cambridge University Press.

Culler, Jonathan(1997)*Literary Theory: A Very Short Introduction*, Oxford: Oxford University Press.

De Grazia, Margreta (2001)'Shakespeare and the Craft of

Language ', in *The Cambridge Companion to Shakespeare*, eds. Margreta De Grazia and Stanley Wells, Cambridge: Cambridge University Press, pp. 49–64.

——, Maureen Quilligan and Peter Stallybrass (eds)(1996) *Subject and Object in Renaissance Culture*, Cambridge: Cambridge University Press.

Derrida, Jacques(1994)*Specters of Marx: The State of the Debt, the Work of Mourning, and the New International*, trans. Peggy Kamuf, London and New York: Routledge.

Dollimore, Jonathan and Alan Sinfield (eds)(1994) *Political Shakespeare: Essays in Cultural Materialism*, 2nd edn, Manchester: Manchester University Press.

Duffy, Eamon (1992) *The Stripping of the Altars: Traditional Religion in England 1400–1580*, New Haven, CT and London: Yale University Press.

Fineman, Joel (1991) *The Subjectivity Effect in Western Literary Tradition: Essays Toward the Release of Shakespeare's Will*, Cambridge, MA: MIT Press.

Foucault, Michel (1990) *The History of Sexuality, Volume 1: An Introduction*, trans. Robert Hurley, Harmondsworth: Penguin.

——(2002) *Power: Essential Works of Foucault 1954–1984, vol. 3*, ed. James D. Faubion, Harmondsworth: Penguin.

Freud, Sigmund (2003) *The Uncanny*, trans. David McLintock, Harmondsworth: Penguin.

Gallagher, C. and S. Greenblatt (2000)*Practicing New Histori-*

cism,Chicago, IL: University of Chicago Press.

Garber, Marjorie （1987）*Shakespeare's Ghost Writers: Literature as Uncanny Causality*, London and New York: Routledge.

——（2003）*Quotation Marks*, London and New York: Routledge.

Gebauer, Gunter and Christoph Wulf (1995) *Mimesis: Culture, Art, Society*, traps. Don Reneau, Berkeley, CA: University of California Press.

Geertz, Clifford(1993a) *The Interpretation of Cultures:Selected Essays*, London: Fontana. First published 1973.

——（1993b）*Local Knowledge: Further Essays in Interpretive Anthropology*, London: Fontana. First published 1983.

——（2001）*Available Light: Anthropological Reflections on Philosophical Topics*, Princeton, NJ: Princeton University Press. First published 2000.

Girard, René(1988)'*To Double Business Bound*': *Essays on Literature*, *Mimesis*, and Anthropology, London: Athlone.

Goldberg, Jonathan(2003) *Shakespeare's Hand*, Minneapolis, MN: University of Minnesota Press.

Grady, Hugh(1994) *The Modernist Shakespeare: Critical Texts in a Material World*, Oxford: Clarendon Press.

Greenblatt, Stephen(1973) *Sir Walter Ralegh: The Renaissance Man and His Roles*, New Haven, Yale University Press.

——（1980）*Renaissance Self-Fashioning: From More to Shakespeare*, Chicago, IL: University of Chicago Press.

——(1982)*The Power of Forms in the English Renaissance*, Norman, OK: Pilgrim.

——(ed.) (1988)*Representing the English Renaissance*, Berkeley, CA: University of California Press.

——(1990)*Shakespearean Negotiations: The Circulation of Social Energy in Renaissance England*, Oxford: Clarendon Press. First published 1988.

——(1991)*Marvelous Possessions: The Wonder of the New World*, Oxford: Clarendon Press.

——(1992)*Learning to Curse: Essays in Early Modem Culture*, London: Routledge.

——(1997) 'What is the History of Literature?', *Critical Inquiry* 23: 460–81.

——(2001)*Hamlet in Purgatory*, Princeton, NJ: Princeton University Press.

——(2004)*Will in the World: How Shakespeare Became Shakespeare*, London: Jonathan Cape.

——(2005)*The Greenblatt Reader*, ed. Michael Payne, Oxford: Blackwell.

Greene, Thomas M.(1982)*The Light in Troy: Imitation and Discovery in Renaissance Poetry*, New Haven, CT: Yale University Press.

Haigh, Christopher(1993)*English Reformations: Religion, Politics, and Society under the Tudors*, Oxford: Oxford University Press.

Harris, Jonathan Gil （2000） 'The New New Historicism's Wunderkammer of Objects', *European Journal of English Studies* 4.3: 111–23.

Hawkes, Terence(2002)*Shakespeare in the Present*, London and New York: Routledge.

——(ed.)(1996)*Alternative Shakespeares*, vol. 2, London and New York: Routledge.

Hegel, G. W. F. （1967）*The Phenomenology of Mind*, trans. J. B. Baillie, New York: Harper.

——(1977)*Phenomenology of Spirit*, *trans*. A. V. Miller, Oxford: Oxford University Press.

——(1998)*Aesthetics: Lectures on Fine Art*, trans. T. M. Knox, 2 vols, Oxford: Oxford University Press.

Herder, Johann Gottfried von （1997）*On World History: An Anthology*, eds Hans Adler and Ernest A. Menze, London: M. E. Sharpe.

——(2002)*Philosophical Writings*, ed. Michael N. Forster, Cambridge: Cambridge University Press.

Herman, Peter C.(ed.)(2004)*Historicizing Theory*, Albany, NY: SUNY Press.

Jameson, Fredric(2002)*The Political Unconscious*, London: Routledge.

Joughin, John J. and Simon Malpas （eds.） （2003） *The New Aestheticism*, Manchester: Manchester University Press.

Kant, Immanuel(1987) *Critique of Judgment*, trans. Werner

S. Pluhar, Indianapolis, IN: Hackett.

Kastan, David Scott (1999)*Shakespeare After Theory*, London and New York: Routledge.

——(2001)*Shakespeare and the Book*, Cambridge: Cambridge University Press.

Kearney, Richard(1988)*The Wake of Imagination*, London: Hutchinson.

Lever, J. W. (1971) *The Tragedy of State*, London: Methuen.

Marx, Karl (1992)'The Eighteenth Brumaire of Luis Bonaparte', in Surveys from Exile. *Political Writings: Volume 2*, ed. David Fernbach, Harmondsworth: Penguin, pp. 143–249.

Melberg, Arne (1995)*Theories of Mimesis*, Cambridge: Cambridge University Press.

Montaigne, Michel de (1991)*The Complete Essays*, trans. M. A. Screech, Harmondsworth: Penguin.

Montrose, Louis (1986) 'Renaissance Literary Studies and the Subject of History', *English literary Renaissance* 16: 5–12.

More, Thomas (1989)*Utopia*, eds. George M. Logan and Robert M. Adams, Cambridge: Cambridge University Press.

Orgel, Stephen (1975)*The Illusion of Power: Political Theater in the English Renaissance*, Berkeley, CA: University of California Press.

Plato (1989)*Collected Dialogues of Plato, including the letters*, eds Edith Hamilton and Huntington Cairns, Princeton, NJ: Princeton University Press.

Royle, Nicholas(2003)*The Uncanny*, Manchester : Manchester University Press.

Sartre, Jean-Paul(1989)*Existentialism and Humanism*, London: Methuen.

Shelley, Percy Bysshe(2002)*Shelley's Poetry and Prose*, eds. Donald H. Reiman and Neil Fraistrat, New York: W. W. Norton.

Veeser, H. Aram (ed.)(1989)*The New Historicism*, London and New York: Routledge.

Vickers, Brian(2002)*Shakespeare, Co-Author: A Historical Study of Five Collaborative Plays*, Oxford: Oxford University Press.

Williams, Raymond (1983)*Keywords: A Vocabulary of Culture and Society*, London: Flamingo.

——(1989)*Marxism and Literature*, Oxford: Oxford University Press.

Young, Robert(1990)*White Mythologies : Writing History and the West*, London and New York: Routledge.

Žižek, Slavoj (1989)*The Sublime Object of Ideology*, London: Verso,

——(ed.)(1994)*Mapping Ideology*, London: Verso.

后　记

　　本书是笔者在为清华大学人文学院的博士、硕士研究生所开设的课程"新历史主义文学理论"所使用的教材之一，由笔者组织参课学生翻译而成。其中"编辑前言""为何是格林布拉特""核心观点""延伸阅读"等部分由生安锋翻译，第一章由徐秋群初译，第二、三章由孙文千初译，第四、五章由廖望初译，第六章和"格林布拉特之后"由张向阳初译。笔者对个别章节做了补充翻译并负责全书的修改、校正和统稿等工作。

　　我们在此衷心感谢天津人民出版社副编审岳勇先生的热情约稿和认真的编辑工作，也感谢资助本书出版的清华大学自主科研计划。本译著是笔者所主持的国家社会科学基金项目　"新历史主义理论家斯蒂芬·格林布拉特研究"（批准号：12BWW004）的阶段性研究成果。

生安锋

2018 年 1 月于清华园